피구왕 서영

피구왕 서영

초판 1쇄 발행 2019년 1월 23일
초판 6쇄 발행 2020년 6월 15일

지은이 황유미

책임편집 문수정
디자인 신묘정

펴낸이 최현준·김소영
펴낸곳 빌리버튼
출판등록 제 2016-000166호
주소 서울시 마포구 양화로 15안길 3 201호(윤현빌딩)
전화 02-338-9271 | **팩스** 02-338-9272
메일 contents@billybutton.co.kr

ISBN 979-11-88545-41-4 03810

이 도서의 국립중앙도서관 출판예정도서목록(CIP)은 서지정보유통지원시스템 홈페이지(http://seoji.nl.go.kr)와 국가자료공동목록시스템(http://www.nl.go.kr/kolisnet)에서 이용하실 수 있습니다.(CIP제어번호:CIP2019000645)

피구왕 서영

황유미 소설집

billybutton
빌리버튼

추천의 글

황유미 작가를 통해 바라본 세상은 뿌리를 내리지 못한 행운목 같았다. 그들의 소속감은 화분처럼 뿌리 내릴 수 없이 얄팍하며, 분갈이를 할 때마다 새로운 환경에 적응해야 한다. 〈피구왕 서영〉의 서영이를 비롯한 단편들은 나와 내 주변 삶의 한 단면과 닿아 있어 함께 고민하고 아파하며 성장해간다. 또한 자칫 무거워질 수 있는 소재들을 재기발랄한 언어로 풀어낸 이 소설은 마치 한 편의 드라마를 보듯 즐거운 상상력을 자극시켰다. 용기 내어 세상을 향해 한 발 내딛는 오늘의 서영이들을 모두 함께 응원하길 바라본다.

– **권순원**, 건국대학교 글로컬캠퍼스 한국어문콘텐츠 교수·드라마 작가

독립출판물의 홍수 속에서 보물 같은 책을 발견하기란 쉽지 않다. 하지만 좋은 책은 애써 찾지 않아도 저절로 눈에 띄는 법. 《피구왕 서영》은 평범한 일상 속에서 개인이 마주하는 불편한 집단의 모습을 담백하고도 세밀하게 그려내며 독자들의 큰 주목을 받았다. 다수의 논리 앞에서 살아남으려는 개인의 분투를 담은 여섯 편의 이야기들이 나에게 큰 울림

으로 다가왔듯, 어디선가 타자 혹은 집단과의 관계에서 위축되거나 억눌리고 있을 많은 개인들에게 큰 위로로 가 닿길 바란다.

- **김선주**, 월간 책(cheag) 에디터

맛있는 음식을 먹거나, 좋은 장소를 발견하면 좋아하는 누군가에게 알리고 싶듯이 서점을 운영하는 나는 가끔씩 좋은 책을 만나면, 그 책을 많은 이들에게 소개하고 싶은 충동에 사로잡힌다. 《피구왕 서영》은 읽기 시작한 지 10분 만에 그런 생각이 강렬하게 들었던 책이다. 학교를 다니고 사회생활을 해본 사람이라면 누구나 자신을 대입하고, 공감하며 읽을 수 있는 소설이다.

우리 모두는 서영이다. 힘을 가진 이에 기대 평온한 삶을 꿈꾸는 또 다른 서영이. 타자와 관계를 맺는 순간부터 느꼈던 갈등과 염증은 이 책 한 권을 통해 다시 정리된다. 엉켜 있던 관계의 불안을 풀어줄 쫄깃한 소설이다.

- **김병철**, 오키로북스 대표

프롤로그

가족, 학교, 회사, 사회. 집단 내에서 개인의 크기는 어느 정도일까? 《피구왕 서영》은 가장 안정적이라는 집단 속에서 쪼그라드는 자아를 바라보며 오히려 가장 큰 불편함과 불안을 느끼는 사람들에 관한 이야기이다. 불편함을 삼키며 '나만 이렇게 힘든 거야?'라는 의문을 품은 사람들의 이야기를 그리고 싶었다. 사실 이것은 아주 어린 시절부터 내 마음속에 들어와 버린 질문이기도 하다.

초등학교 4학년 때 전학을 갔다. 낯선 존재가 환대를 받고 마침내 수용되기 위해서는 상당히 까다로운 관문을 통과해야만 했다. 아이들은 전학 첫날부터 내가 사는 곳과 평수를 궁금해했고, 나는 대답을 하면서도 무언가가 마음에 걸렸다. 누군가에게는 듣는 것만으로도 상처가 되는 질문을 아무렇지 않게 던지는 무신경함을 견딜 수 없었기 때문인 것 같다. 마음에 걸린 건 아이들의 질문만이 아니었다. 초등학교에 입학해 고등학교를 졸업하기까지 12년 동안 학교에서 수많은 불편한 순간을 마주했다. 반에 늘 왕따가 있는 것, 운동회 때 달리기를 하면 등수에 따라 상품이 다른 것, 체육 시간에 늘 여자아이들은 피구를 하고 남자아이들은 축구를 하는 것, 그리고 그 매번 하는 '피구'가 공을 들고 상대 팀을 맞춰서 다 죽여야 끝나는 스포츠라는 것까지도.

왜 그렇게 학교생활을 하면서 불편한 순간이 많았는지는 성인이 되고도 한참이 지나서야 겨우 깨달았다. 어린 시절 나는 폭력에 예민한 편이었다. 육체적인 폭력뿐 아니라 언행과 구조적인 부분까지 여러 방면에서 집단 내 개인에게 행해지는 폭력을 감지하는 감각이 유난히 발달했던 것 같다. 그러나 예민한데 용기는 없었기 때문에 늘 아무것도 할 수 없다는 무력감과 죄책감도 동시에 느꼈다. 그렇게 벌써 20년 가까이 된 묵은 기억들이지만, 마음의 빚 때문에 잊히지 않았던 기억을 모두 끌어모아 써 내려간 이야기가 이 책의 표제작인 〈피구왕 서영〉이다.

대학생이 되고, 사회인이 된 후에도 불편한 순간들은 찾아왔다. 더욱 불편한 점은 날이 갈수록 내가 무감각해진다는 사실이었다. 예전 같았으면 절대 하지 않았을 말을 하기도 하고, 듣자마자 화가 치밀어 올랐을 말도 이제는 무감하게 한 귀로 흘리기 시작했다. 감수성과 예민함의 날이 점점 무뎌지는 걸 느끼면서 삶에서 유지해야 할 가장 중요한 능력 중 하나가 사라지고 있다는 생각에 무서워졌다. 모든 능력을 상실해 누구를 해칠지도 모르는 칼날을 마구 휘두르는 눈먼 망나니가 되기 전에, 조금이라도 이 감각이 남아 있을 때 그동안 미뤄두었던 이야기를 쓰자는 결심을 했다. 지금이 아니면 다시는 복기할 수 없을 것 같아서. 그래서 내가 경험했거나 혹은 보고도 모르는 척했던 마음에 걸린 모든 순간을 조각조각 모으기 시작했다.

알면서도 외면하고 침묵한 순간이 얹힌 듯 쌓여 있었기 때문에 조각은 빠르게 모였다. 개인적인 기록에 그치지 않고 가능한 한 많은 사람에게 닿기 위해 머릿속에 있던 이야기 조각을 소설로 썼다. 학교는 물론 생애 첫 집단인 가정 역시 누군가에게는 가장 안전한 집단이 아니라, 가장 벗어나고 싶은 감옥일 수 있다는 생각에서 〈물 건너기 프로젝트〉를 썼다. 또 자신의 취향에 맞지 않는 어떤 것들을 다수의 시선이나 다소 무례한 참견 때문에 끌어안고 살아온 모든 사람이 조금이라도 홀가분했으면 하는 마음은 〈하이힐을 신지 않는 이유〉, 〈까만 옷을 입은 여자〉라는 이야기가 되었다. 마지막으로 다 그냥 살아가는데 나만 유난히 예민한 것 같다며 괴로워하는 이들에게 "당신만 예민한 건 아니다. 예민한 '우리'는 생각보다 많다."라는 메시지를 전하고 싶어서 쓰게 된 〈알레르기〉가 있다.

이런 생각들과 나의 목소리를 꾹꾹 눌러 담아 지난 여

를 내내 글을 썼다. 그해 가을 독립출판물로 소량 발매한 작은 책을 먼저 찾아준 분들이 이 목소리에 공감을 표하며 응답을 해주셨다. 이 작은 책에 실린 이야기들에 귀를 기울여주신 귀 밝은 동네 서점의 책방지기들과 독자들 덕에 몇몇 이야기를 다듬어 해가 바뀐 지금, 다시《피구왕 서영》을 세상에 내놓을 수 있게 되었다. 아무도 요구한 적이 없었지만, 굳이 소설을 쓴 이유는 더는 똑같은 후회를 하고 싶지 않아서이기도 하다. 이 한 권의 소설집은 한 편의 반성문이다. 알면서도 모르는 척, 괜찮은 척하며 어떻게든 안전하게만 넘어가려 했던 지난 시간을 후회하는 마음이 담겨 있다. 집단에서 살아남으려 안간힘을 쓰고 있는 모든 개인, 동지들에게 이 반성문이 작은 위로가 되기를 바란다.

차례

피구왕 서영

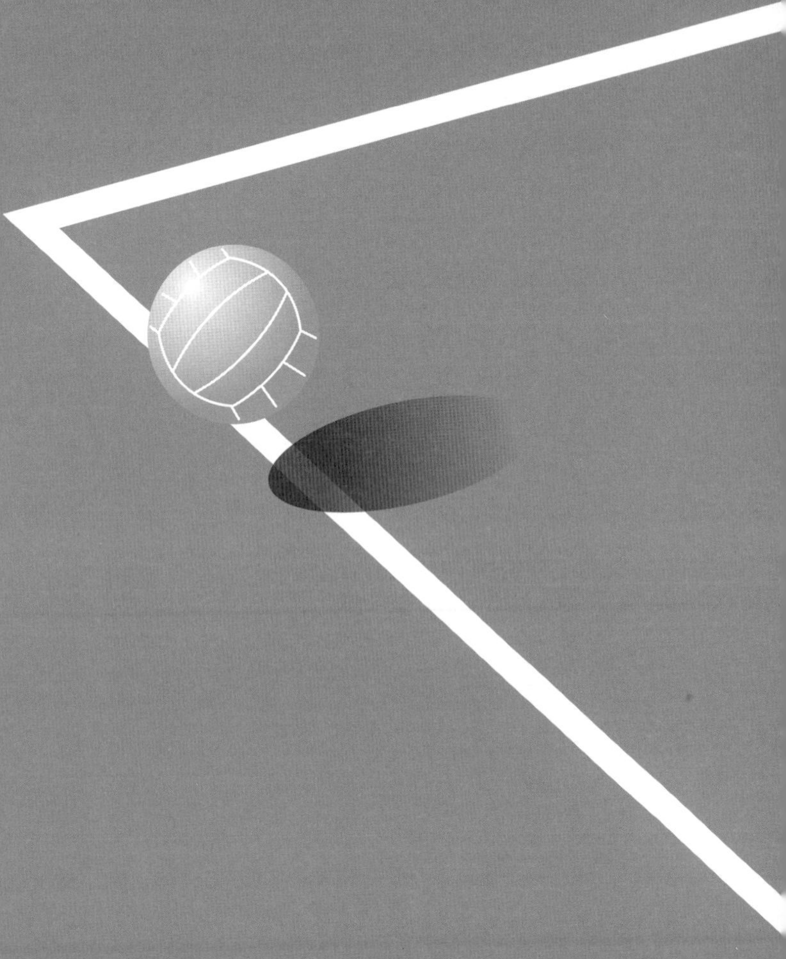

1
이서영만 아는 이서영

서영에게는 비밀이 하나 있다. 그의 방에는 이서영만 아는 이서영이 산다. 문현초등학교 4학년 2반 21번 이서영, 동아아파트 104동 501호에 사는 이준식 씨와 김경자 씨의 딸 이서영이 아닌, 오로지 서영만 아는 이서영. 다른 사람은 모르는 이서영은 방에 혼자 있을 때만 튀어나온다. 사방이 소설책으로 둘러싸인 방, 타잔이 넝쿨을 타고 숲을 유영하듯 서영은 책을 읽으며 방 안을 탐험한다. 숲이 되고, 바다가 되고, 우주가 되기도 하는 이 작은 공간에서는 무엇이든 될 수 있다. 서영은 매일 새로운 책을 읽으며 끝없는 공상을 즐긴다. 오늘은 숲에 뿌리내리고 자리를 지키는 라임 오렌지 나무가 되어 제제를 기다리고 싶다. 이서영만 아는 이서영의 시간은 이렇게 흐른다.

"서영아, 보라 왔는데?"

서영은 엄마가 부르는 소리에 서둘러 읽던 책을 덮는다. 그 순간 이서영만 아는 이서영은 사라진다. 이제 모두가 아는 이서영이 현관으로 달려가 단짝 보라에게 인사한다. 보라는 요즘 포켓몬 스티커◆를 모으는 재미에 푹 빠져 있다. 보라가 오랫동안 찾던 망나뇽 스티커를 선물한다. 남들이 다 아는 이서영은 친구들의 관심사를 귀 기울여 듣는다. 서영의 생각과 공상은 대부분 엉켜버린 실타래처럼 설명하기 어려운 것들이기 때문에 일찍이 말

◆ 1990년대 후반 애니메이션 〈포켓몬스터〉가 방영된 이후 선풍적인 인기를 끌어 초등학생들 사이에서 포켓몬 캐릭터들의 스티커를 종류별로 모으는 놀이가 유행처럼 번졌다. 〈피구왕 서영〉의 배경 역시 이 시기다.

을 하기보다는 듣는 쪽을 택했다. 방 안을 탐험하는 이서영, 제제를 기다리는 라임 오렌지 나무가 되고 싶은 이서영을 그대로 드러내면 사람들이 이상하게 본다는 것쯤은 아는 나이니까. 모두가 아는 이서영은 자연스레 말수는 적지만 어둡지는 않은, 어쩐지 조숙해 보이지만 그렇다고 크게 벽이 느껴지지 않는 사람이 되었다. 그러나 혼자일 때의 이서영은 아무도 궁금해하지 않을 책들을 끌어안고 감히 말로 설명할 수 없는 것들을 상상하며 시간을 보낸다. 서영은 자신만 아는 이서영을 데리고 노는 시간이 가장 편안하다.

2
분갈이

집은 이사 준비로 분주했다. 서영은 아침부터 이삿짐 센터 사람들이 오가는 모습을 구경하고 있었다. 어느덧 서영의 방에는 아저씨들의 신발 자국이 가득했다. 서영은 선명한 신발 자국을 바라보며 이번에도 뿌리를 내리지 못한 채 숲을 떠난다는 생각을 했다. 어릴 때부터 뿌리가 채 내리기 전에 숲을 떠나는 일은 익숙했다. 서영의 집은 자주 이사했고, 덕분에 자주 전학을 가야만 했다. 낯선 신발들이 자신의 방을 밟아대며 짐을 옮기는 모습은 어릴 때부터 여러 번 보아왔음에도 여전히 낯설었다. 방에 있던 물건들이 하나둘 치워지고, 이윽고 텅 비는 광경은 바로 어제까지 탐험하던 세계가 한순간에 사라지는 것 같아 적응되지 않았다. 서영은 보라를 만나 마지막 인사를 하기 위해 잠깐 밖으로 나갔다. 학교에서 인사는 했지만, 진짜 마지막이라는 걸 알기 때문에 보라를 따로 만났다.

"편지할게."

"응. 놀러 갈게."

편지한다는 약속, 놀러 가겠다는 약속. 이전 학교에서 사귄 친구들과도 벌써 수십 번은 더 주고받은 익숙하고 가벼운 약속을 또 했다. 서영은 이제 약속은 지켜야만 하는 것이 아니라, 지키지 않아도 괜찮은 말을 주고받는 게 아닐까 하고 생각했다. 약속할 때의 마음은 거짓이 없지만, 그 마음의 지속 기간은 아주 짧다는 것을 몇 번의 자리 옮김을 통해 자연스레 깨닫게 된 것이다. 누구의 마음이 변해서가 아니라 더 중요한 것들이 생겨 잊게 될 것을 알면서도 오늘도 마지막으로 약속했다.

"친구들이랑은 인사 잘했어?"

"응. 애들이 편지도 써줬어."

"고맙네. 새로운 학교에서도 친구들 잘 사귈 수 있지?"

"응. 별로 멀리 가지도 않잖아."

거주지를 옮길 때마다 친구들과의 마지막 약속과 함께 또 하나의 의식을 치르는데 바로 아빠, 엄마의 질문이었다. 부모님은 새로운 학교에 가서도 잘할 수 있느냐며 걱정을 가득 담아 묻곤 했다. 아주 어릴 때는 정말 궁금해서 물어보는 줄 알았는데 여러 번 겪다 보니 엄마와 아빠는 그저 괜찮다는 대답을 듣고 싶어서 묻는 거라는 생각이 들었다.

예전에 거실에서 키우던 행운목이 많이 자라 분갈이를 한 적이 있다. 그때 엄마는 행운목에게 괜찮으냐고, 새

화분으로 옮기더라도 잘 자랄 수 있느냐고 묻지 않았다. 어차피 지금 화분에서는 살 수 없다. 서영은 행운목을 제때 큰 화분으로 옮겨야만 하는 것처럼 이사는 온 가족이 화분을 옮겨가는 것이라고 생각했다. 서영은 옮겨심기한 후에도 문제없이 잘 자랄 수 있을까 하는 걱정이 무색하도록 지금껏 새로운 곳에서도 제법 잘 어울려왔다. 모두가 아는 이서영은 새로운 곳에 가서도 무난하게 평범한 친구들을 사귀었다. 분갈이를 해도 이윽고 자라나는 행운목처럼, 새로운 화분으로 터전을 옮기더라도 죽을 일은 없다는 건 이미 여러 번의 경험으로 알고 있었다.

3
탐색

서영은 초조한 마음으로 교실을 둘러보았다. 평범하고 튀지 않으면서 비집고 들어갈 틈이 있는 무리를 찾기 위해서였다. 서영은 언제나 적당한 틈을 찾아 잘 파고드는 편이었다. 전학은 몇 번 겪은 터라 익숙했지만, 이방인이 새로운 무리에 합류하려면 긴장과 예민한 탐색이 필요했다. 탐색과 선택은 하루 안에 끝난다. 조용하고 무난하면서 튀지 않는 애들. 서영은 선택의 기준이 확고했다. 아주 어릴 때부터 자신과 다른 성향의 집단은 요령껏 피하고 적당한 곳을 찾는 데 늘 성공했기에 자신 있었다. 짝꿍과 인사를 나눈 뒤 교실을 쓱 둘러보았다.

쉬는 시간 10분 동안 교실 풍경을 보면 대략적인 권력 구도를 알 수 있다. 교실 한쪽에 다섯 명의 여자아이가 모여 있는 게 눈에 띄었다. 권력의 피라미드에서 꼭대기 계층을 차지하고 있는 집단으로 보였다. 그 가운데 말수가 많지는 않아도 분위기를 주도하는 게 한눈에 보이는 아이가 하나 있었다. 피라미드의 최정점에 서 있는 듯한 여유로운 포식자의 모습이었다. 서영은 그 집단만큼은 피해야 한다는 것을 본능적으로 직감했다. 저런 육식동물들과는 엮이지 않는 게 제일 마음 편한 법이라고 생각했다.

"서영아, 점심때 밥 같이 먹을래?"
"그래."

서영은 짝 윤정이 마음에 들었다. "안녕, 나는 최윤정이야."라며 먼저 인사를 하던 말씨에 군더더기가 없었다. 사람을 탐색하거나 힘겨루기를 하려는 피곤한 기운이 느껴지지 않는 깔끔한 말투가 좋았다. 게다가 전학 첫날이라 점심시간이 걱정인 자신을 부담스럽지 않게 구제해준 윤정의 배려심도 좋았다. 오래전부터 알고 지낸 친구처럼 편안함이 느껴져 이런 아이와 어울리면 편하게 학교생활을 할 수 있겠다고 생각했다.

그러나 서영은 점심시간에 바로 혼란에 빠졌다. 윤정을 비롯한 다른 아이들과도 같이 점심을 먹을 줄 알았던 서영의 생각과는 다르게 윤정과 단둘이 밥을 먹었다. 밥을 먹기 시작한 지 얼마 되지 않아 아이들이 힐끗 쳐다보는 시선을 느꼈을 때, 서영은 윤정이 이 교실에서 어느 집단에도 속하지 못한 아이라는 걸 알았다. 어디를 보아도 딱히 모난 곳 없는 윤정이 왜 무리 안으로 들어가는데 실패했는지 이해할 수 없었지만, 이로써 서영은 선택의 갈림길에 서게 되었다.

전학생에게 기꺼이 먼저 손을 내미는 집단에는 보통 결핍이 있기 마련이다. 보통 인원이 홀수인 집단에서 먼저 손을 내밀곤 한다. 학교의 모든 활동은 대부분 짝수를 기본값으로 설정하기 때문에 구성원이 홀수인 집단은 항상 평화로움 속에서도 불안을 느끼기 마련이다. 활동할 때 잠시라도 집단 밖으로 배제되는 희생양이 생기기 때문이다. 이 때문에 어떤 상황에서도 안전한 짝수를 채우기 위해 중간에 전학생이 오면 받아들이곤 한다. 물론 아무리 홀수가 불안한 숫자라고 해도 아무나 받아들이지는 않는다. 첫날 탐색을 해서 받아들여도 될 아이인지에 대한 합의를 거친 뒤 공식적으로 받아들인다.

서영은 윤정 역시 그런 집단에 속한 아이일 거라 생각했으나 예상이 빗나갔다. 윤정은 어떠한 이유로 이 교실에서 배제된 아이, 시쳇말로 '왕따'였다. 한 가지 특이한 점은 윤정은 피해자라기보다는 어쩐지 주동자의 모습이었다. 아마도 이유 없는 배척을 당해본 경험이 많아 이제는 먼저 무리에 끼지 않는 것을 선택했거나, 무리에 끼어들기 위해 자신을 숨기거나 꾸미는 일에 도무지 소질이 없는 뻣뻣한 아이일 터였다. 어떤 아이이든 간에 이대로 윤정과 어울리면 서영은 이 교실에서 곤란한 처지가 될 수도 있는 일이었다. 머릿속에서 경고음이 들렸지만, 윤정에게서 느낀 첫 호감과 편안함이 자꾸만 마음에 걸렸다.

"아까 너랑 같이 밥 먹은 애 별로니까 놀지 마."

점심시간이 끝난 후 자신을 박정은이라고 소개한 아이가 서영을 복도로 불러내 걱정하는 모양새를 취하면서 얘기했다. 정은은 아까 서영이 관찰한 피라미드의 최상위 집단에 속한 아이였다. 정은의 첫인상은 우두머리 옆에서 집단의 권력이 유지되도록 온 힘을 다하는 행동파 같았다. 아마도 윤정이 이 아이들에게 밉보인 일이 있는 듯했다. 학기 중간에 갑자기 온 전학생에게까지 와서 관리하는 것을 보면 윤정의 고립이 이 아이들의 결속을 다지는 데 이용되고 있는 것 같았다. 최상위 계층에 단단히 밉보인 제물을 두둔하면 어떤 상황에 부닥치게 될지 알 수 없었다. 서영은 대체 윤정의 어떤 부분이 별로라는 건지 물어보고 싶은 마음을 꾹 누르고 모범 답안을 얘기했다.

"그래? 잘 몰랐네. 챙겨줘서 고마워."

서영의 대답에 정은은 만족스럽다는 듯 씩 웃으며 내일부터는 자기들이랑 같이 밥을 먹자는 제안을 했다. 서영은 '우리가 너를 구해주는 거야.'라고 시혜를 내리는 듯한 말투에 기분이 나빠지려 했지만, 고개를 끄덕이고 말았다. 정말 피하고 싶었던 아이들인데, 내일부터 당장 같이 밥을 먹자니 큰일 났다는 생각이 들었지만 애써 표정을 갈무리하고 정은과 함께 교실로 들어왔다. 교실로 들어선 정은과 서영에게 아이들의 시선이 쏠렸다. 서영은 눈동자에 물음표가 들어 있는 것 같은 노골적인 시선들이 불편했지만 이내 그 물음표들은 느낌표로 바뀌었다. 다들 묻지 않아도 알 것 같다는 표정이었다. 정은의 무리가 이런 식으로 반 아이들의 관계를 관리하는 게 한 두 번 있는 일은 아닌 게 확실했다. 윤정은 서영이 정은과 함께 들어오는 것을 봤으면서도 표정의 변화가 전혀 없었다.

'얘는 진짜 아무렇지 않은 걸까, 아무렇지 않은 척하는 걸까?'

서영은 윤정에 대한 궁금증을 속으로 삼키며 자리에 앉았다. 앞으로의 학교생활이 이전처럼 단조롭지 않을 것 같다는 예감이 몰려왔다.

4

코트 안으로

하교 시간이 되자 아이들은 빠르게 흩어졌다. 윤정 역시 서영에게 빠르게 인사를 하고 가방을 챙겨 먼저 교실을 나갔다. 윤정의 태도에서 선을 긋는 모습이 보였다. 서영이 정은에게 어떤 말을 들었을지 본인이 더 잘 아는 것 같았다. 무어라 말을 하기도 전에 윤정은 미련 없는 뒷모습으로 휙 사라졌다. 쉬는 시간이 학교에서 무리를 짓는 시간이라면, 하교는 학교 밖으로까지 무리를 확장하는 시간이다. 이미 모두가 끼리끼리 무리를 지어 떠난

텅 빈 교실에서 서영은 허탈함을 느끼며 잠깐 멍하니 서 있었다. 모든 종의 동물이 무리를 지어 떠나간 후 세렝게티의 초원에 홀로 남은 낙오자 같았다. 일단은 집에 빨리 가고 싶었다. 서영은 서둘러 가방을 챙긴 후 교실을 나서 운동장 쪽으로 걸어갔다.

운동장에는 몇몇 아이가 공을 가운데 두고 모여 있었다. 아마도 피구를 하려는 것 같았다. 낯익은 얼굴이 꽤 많이 보였다. 다 아는 얼굴은 아니었지만 모두 서영의 반인 듯했고, 그중에는 정은의 무리도 있었다. 교실 내 포식자 계급인 정은을 포함한 다섯 명과, 바로 그 밑에서 먹이사슬의 최하위 계층에 있는 약자들을 사냥해 포식자에게 먹이로 갖다 바쳐 정글의 서열 구조를 안정적으로 유지하는 데 이바지하는 아이들이었다. 한마디로 서영이 가장 피하고 싶어 하는 아이들만 모여 있었다.

"야! 이서영!"

서영은 우렁찬 소리에 감전이라도 된 듯 깜짝 놀라 고개를 들었다. 뜻밖에도 정은의 무리 중에서 가장 중심에 있던 아이, 권력의 피라미드 꼭대기에 서 있는 것이 분명한 그 아이가 서영을 부르며 손짓을 했다. 서영은 도살장에 끌려 들어가는 황소처럼 떨리는 심정으로 손짓하는 아이 쪽으로 걸어갔다. 50미터도 되지 않을 거리를 걷는 동안 서영의 머릿속에는 온갖 생각이 들락거렸다. 이윽고 그 아이 앞에 도착했다. 서영은 자신의 처지가 호랑이 굴 앞에 도착한 토끼 같았다.

"이서영, 너도 피구 할래?"

"응?"

"피구 해야 하는데 한 명이 부족해서. 너도 하자! 너 우리 편 해."

권유인 듯 강요 같은 제안에 서영이 얼빠진 얼굴로 머뭇머뭇 주저하는 사이 양 팀의 주장은 가위바위보로 선제 공격할 팀까지 정했다. 그렇게 전학 첫날 세렝게티에서 그토록 피하고 싶었던 무리와 '우리 편'이 되어 피구를 하게 되었다. 얼떨떨한 기분도 잠시, 이기지 못하면 팀원들에게 전원 얼차려라도 줄 것처럼 두 눈동자에 승부욕이 이글거리는 주장의 얼굴을 보자 서영은 등골이 오싹했다. 우리 편이 지는 건 있을 수 없는 일이라고 생각하는 유형 같았다.

서영은 이전 학교에서는 체육대회 때마다 저런 유형의 아이는 타고난 눈치로 잘 피해 다녔는데 전학 첫날부터 단단히 잘못 걸렸다고 생각하며 속으로 욕을 집어삼켰다. 타고난 승부욕이 강한 데다 이미 자신이 교실 내에서 권력의 최상위층에 있다는 것을 자각하고 있는 아이라 이런 운동 경기에서도 지는 걸 용납하지 않을 것이 뻔했다. 휙휙 날아다니는 하얀 공이 생사를 가르는 총알처럼 보였다.

경기가 시작된 지 얼마 지나지 않아 서영 쪽으로 공이 날아왔다. 이 공을 놓치면 주장의 서슬 퍼런 눈빛을 받을 것이 분명했다. 본능적으로 뛰어올라 공을 품에 안은 서영은 흰 선 안에서 우왕좌왕하고 있는 상대 팀의 등을 향해 공을 내리꽂았다. 결과는 성공. 서영은 그렇게 상대 팀 한 명을 처리했다. 반대편 코트에서 주장이 서영을 바라보며 잘했다는 듯 환하게 웃었다. 서영은 생각했다.

'저건 첫 사냥의 성공을 치하하는 우두머리의 눈빛이다.'

경기는 실점과 득점을 주거니 받거니 하며 팽팽한 긴장감 속에서 계속되었다. 양 팀의 선수들이 하나둘 공에 맞아 사라지기 시작했고, 마침내 코트 안에는 단 한 명씩만 남았다. 코트 안에 남겨진 두 마리의 가련한 동물. 이제 그들이 죽느냐, 사느냐가 곧 우리 편이 이기느냐, 지느냐를 결정짓는다. 코트를 둘러싼 모든 아이가 이글거리는 눈빛으로 콜로세움에서 마지막까지 살아남은 검투사들의 결전을 바라보고 있었다. 서영 역시 그들의 동작 하나하나를 눈에 담으며 지금 콜로세움 안에 남아 있는 검투사 중 하나가 자신이 아니라는 사실에 안도하며 몰래 가슴을 쓸어 내렸다.

"툭."

공이 한 아이의 몸통을 맞췄다. 검투사의 생사를 가르는 소리이자 양 팀의 승패를 결정짓는 소리였다. 결과는 서영의 '우리 편'이 아닌 '남의 편'의 승리로 끝났다. 남의 편은 모두 얼싸안으며 환호했고, 마지막까지 훌륭하게 싸운 용사에게 일제히 달려들어 공로를 치하했다. 승부에서 진 서영의 '우리 편'은 떫은 표정으로 승리 팀의 환호만 멀거니 지켜봤다. 그때 서영 팀의 주장이 분노를 삭이지 못한 눈빛을 띠고 마치 뿔이 난 물소처럼 달려 나가 방금 공을 맞은 아이 앞에 섰다.

"야, 너는 그걸 못 피하냐? 너 때문에 졌잖아."

주장의 우렁찬 목소리에 하하 호호 승리를 만끽하던

소리도 뚝 끊겼다. 주장은 삿대질까지 해가며 패배의 원인을 '너'라는 2인칭을 사용해 한 명의 실수로 몰아붙였다. 경기에 졌다고 해서 그렇게까지 화가 난 사람은 없는 것 같은데 주장은 씩씩대며 분풀이를 했다. 역시 피곤한 아이였다. 서영은 주장의 행동이 지나치다고 느끼면서도 주장이 얘기한 '너 때문에'에서 '너'가 자신을 지칭하는 게 아니어서 참 다행이라고 생각했다.

마지막까지 남아 있던 아이는 그렇게 주장의 삿대질을 정면으로 받아내며 금방이라도 울 것 같은 표정으로 서 있었다. 서영은 패전의 원인을 병사 한 명에게 돌리는 못난 장수의 모습을 한 주장을 보며 정의할 수 없는 불편함을 느꼈지만, 조용히 상황을 관망할 수밖에 없었다. 빨리 이 상황을 끝내고 집에 가고 싶었다. 서영은 어느 정도 마무리가 되고 무리를 지어 하교하는 분위기가 형성되자 도망치듯 가방을 챙겨 운동장을 가로질러 나왔다.

5
파악

서영은 빠른 걸음으로 집을 향해 걸었다. 그때 누군가 뒤에서 가방을 살짝 잡아당기는 게 느껴졌다. 반사적으로 뒤를 돌아본 서영은 깜짝 놀랐다. 주장이 서 있었기 때문이다. 서영은 놀란 눈빛을 거두고 서영보다 조금 더 키가 큰 주장의 이마와 눈썹 언저리 어딘가를 애매하게 응시하며 어색하게 서 있었다. 시선을 조금 뒤로하니 정은을 비롯한 네 명의 아이도 있었다. 혼자보다는 무리를 지어 움직이는 것을 선호하는 유형. 아무리 생각해도 서영과는 부류가 달랐다.

“바로 집에 가야 해? 우리 떡볶이 먹으러 갈 건데 같이 가자.”

주장의 태도는 살면서 한 번도 거절을 당해본 적이 없는 아이 같았다. 누군가에게 먼저 손을 내밀었을 때 거절당한 적이 없는 사람 특유의 여유와 자신감이 느껴졌다. 빠른 속도로 회전하는 팽이처럼 서영의 뇌리에 여러 가지 생각이 팽팽 돌아가고 있는 동안에도 주장은 흔들림 없이 허리를 곧추세우고 당당한 눈빛으로 서영을 바라보고 있었다. 그 눈빛은 마치 거절하지 못할 제안을 한 마피아 같았다. 서영은 고개를 끄덕일 수밖에 없었다.

‘그래. 다른 부류이긴 해도 나한테 나쁜 애인지 아닌지는 말이라도 해봐야 아니까. 어차피 내일 점심도 얘네랑 같이 먹기로 했으니까.’

서영은 속으로 이 상황을 합리화하며 아이들과 같이 떡볶이집으로 향했다.

"아, 내 이름은 유현지. 너 아까 피구 잘하더라. 한 네 명은 죽이지 않았어?"

"그랬나? 잘 기억이 안 나네."

생각해보니 주장의 이름도 몰랐다. 통성명도 없이 전학 첫날 피구부터 같이한 사이. 어떠한 감정적 교류도 없이 대뜸 우리가 되어 남의 편을 이겨야 한다는 목적을 향해 싸운 사이에 싹틀 관계는 어떤 모양을 하게 될까. 확실한 건 현지에게 서영이 지금은 피구를 할 때 꽤 쓸모 있는 전투력을 갖춘 전사로 각인되었다는 것이다. 주장은 서영을 오늘만 해도 남의 편 네 명을 죽인 훌륭한 전사로 기억하고 있었다. 서영은 피구를 잘한다는 칭찬도 처음인 데다 즐기지도 않기는 했지만, 어떤 이유에서든 전학 첫날부터 먼지가 되어 흩어질 뻔한 자신의 존재를 인식해준 것만으로도 다행이라고 생각했다.

"어디 살아?"

"은미아파트."

"몇 평이야?"

"몇 평인지는 잘 모르는데……."

서영은 선천적으로 숫자에 관심이 없었다. 아파트 평수는 궁금하지도 않았다. 그저 자기 방이 현관이랑 가까운지 안방이랑 가까운지, 창밖에는 뭐가 보이는지, 집이 학교와 얼마나 떨어져 있는지만 생각했다. 그 때문에 한 번도 아파트 평수를 물어볼 생각을 못 했기에 갑작스러운 질문에 당황하며 솔직하게 대답했다. 떡볶이를 먹다가 질문을 던진 아이는 '이런 애가 있을 수 있나.'라는 표정으로 외계 생명체를 바라보듯 서영을 보았다.

"그럼 몇 동이야?"

"108동."

"아, 그럼 34평이다. 현지도 거기 살아, 54평."

현지는 살짝 겸연쩍은 얼굴로 서영의 표정을 살폈다. 34평 이서영, 그리고 54평 유현지. 교실에 비치된 출석부에 아이들의 이름마다 번호가 따라붙듯 교실 밖에서는 아파트 평수가 서로를 식별하는 꼬리표처럼 자연스레 붙어 있었다. 아파트 평수를 감정해준 아이는 이윽고 현지의 부모님 모두 의사이며 현지에게 아이돌처럼 잘생긴 오빠가 있다는 얘기도 했다. 현지에 관한 얘기만 늘어놓고 있는 것으로 보아 아마도 이 무리에서 현지의 환경을 가장 부러워하는 아이가 아닐까 하는 생각이 들었다.

배가 너무 고팠던 서영은 생각을 접고 떡볶이를 먹는 데만 집중하며 그 아이의 이야기를 한 귀로 흘려들었다. 하지만 이야기꾼은 계속 현지의 집안 얘기를 늘어놨다. 그 순간에도 현지는 아무 말 없이 서영의 표정만 읽고 있었다. 떡볶이를 먹던 서영은 언뜻 현지의 얼굴에 살짝 싫증이 묻어나 있는 것을 보았다. 이런 식으로 현지 가족이 대화의 소재가 되는 게 잦은 일인 것 같았다. 현지의 얼굴에 묻어난 싫증이 조금 더 짙어졌다고 느꼈을 때, 현지가 아이의 말을 끊으며 얘기했다.

“잘됐다. 오늘은 서영이랑 같이 집에 가면 되겠네. 다른 애들은 반대 방향이거든.”

모든 아이의 시선이 서영에게 쏠렸다. 아이들의 눈빛에는 분명한 부러움과 질투가 섞여 있었다. 눈빛으로 보건대 현지는 확실히 모두가 옆에 가고 싶어 하는 아이임이 분명했다. 이미 교실 내에서 아이들의 먹이사슬 관계에까지 깊숙이 관여하고 있는 포식자 집단인데도 불구하고, 이 안에서 다시 유현지라는 우두머리를 둘러싸고 경쟁을 벌이고 있는 것이었다.

서영은 갑작스러운 상황에 당황하기는 했지만 부러움이 형형하게 드러난 아이들의 시선을 보며 묘한 우월감을 느꼈다. 여태껏 한 번도 받아본 적 없는 시선을 현지를 통해 간단히 받아내자 어쩌면 이 육식동물들 속에서도 현지랑만 관계를 잘 유지하면 편하게 학교에 다닐 수 있지 않을까 하는 생각에 이르렀다.

아이들과 인사를 하고 헤어진 서영은 현지와 함께 아파트로 향했다. 현지는 집으로 가는 내내 밝게 떠들었다. 사람에 대한 경계심이 없는 아이. 자신에 관한 이야기를 쉴 새 없이 재잘대는 현지에 대한 서영의 인상이다. 사람과 관계를 맺을 때 생각대로 흘러가지 않은 적이 단 한 번도 없었거나, 생각대로 흘러가지 않는 거슬리는 애가 튀어나오더라도 사뿐히 밟아줄 수 있다는 자신감이 느껴지는 아이. 확실히 현지는 옆에 있는 사람을 긴장하게 만들었다. 서영은 현지의 얘기를 가만히 들으며 긴장의 끈을 놓지 않았다.

"우리 집에서 놀다가 들어가자."

'아, 얘는 정말 경계할 일이 없는 애구나.'

자신의 집에 가자는 현지의 제안에 서영은 또 한 번 놀라며 생각했다. 아까 운동장에서 피구를 하자고 했던 것과 마찬가지로 '너는 거절할 수 없을 거야.'라는 속내가 투명하게 드러나는 제안이었다. 이제껏 관계에서 항상 우위를 차지해온 아이들만이 가질 수 있는 자신감이었다. 서영은 현지의 제안을 거절할 수 없었다.

현지의 집은 확실히 아이들 누구나 동경할 만한 이상향을 실현한 공간이었다. 넓고 깔끔한 거실, 고상함과 부유함이 묻어나는 가구와 벽에 걸린 그림까지 완벽했다. 현지는 막 오븐에서 쿠키를 꺼내고 있던 중년의 아주머니에게 친구가 왔으니 간식을 챙겨달라고 말했다. 예의 없지는 않지만 어딘가 벽이 느껴지는 말 모양새가 엄마를 대하는 태도라고 하기에는 이질적이어서 의아해하는 서영의 마음을 읽었는지 현지가 조용한 목소리로 "집안일 해주시는 아주머니셔."라고 속삭였다.

거실에는 기분 좋게 달콤한 쿠키 냄새가 가득하고 앞치마를 두른 아주머니는 이보다 더 친절할 수 없는 상냥한 미소로 현지를 대했다. 지금까지 이 집에 몇 명의 아이가 놀러 왔는지는 알 수 없지만, 이곳에 온 아이라면 널찍한 거실에 가득한 행복의 향기를 맡고 현지에게 호의적이지 않았던 마음도 바로 고쳐먹었을 것 같았다. 어유의 냄새만큼 사람을 굴복시키기 좋은 것도 없다.

현지의 방은 원하는 모든 게 가능할 것 같은 유현지의 왕국처럼 보였다. 서영의 방이 서영의 상상 속에서 숲이 되고, 바다가 되고, 우주가 되는 머릿속 세계라면, 현지의 방은 자신이 원하는 모든 것을 구현해내기 위해 존재하는 진짜 세계 같았다. 동화처럼 예쁘게 꾸민 방에는 상장들이 보기 좋게 걸려 있고, 책장이 방의 벽면 하나를 온전히 장식하고 있었다. 미술관의 전시품처럼 색색으로 분류된 세계문학 전집에서 《나의 라임 오렌지 나무》를 발견한 서영은 반가운 마음에 무심코 손을 뻗었다.

"책 좋아해? 엄마가 한 권 읽을 때마다 용돈 올려준다고 해서 억지로 읽은 척하는데 진짜 읽기 싫어. 책 읽는 거 진짜 짜증 나지 않아? 그 시간에 밖에서 놀지."

'맞다, 얘는 책 읽는 시간에 밖에서 피구를 할 애다.'

서영은 금세 현지가 어떤 아이인지 떠올리고는 어색하게 "나도 책 많이 안 읽는다."고 대답했다. 엄밀히 말하면 현지의 질문에 거짓말을 한 셈이지만 딱히 잘못했다는 생각이 들지는 않았다. 책을 좋아하느냐고 묻기는 했지만, 뒤에 붙은 말로 보건대 정말로 서영이 책을 좋아하는지 아닌지 궁금했다기보다는, 자신이 책 읽는 것을 매우 지루한 행위라고 생각하는 사람이라는 정보를 알려주고 싶은 것에 가까웠기 때문이다.

서영은 아파트까지 걸어오는 동안 현지가 질문은 거의 하지 않고 자신에 관한 얘기를 하는 데 대부분의 시간을 할애했다는 사실을 떠올렸다. 딱히 서영에 대해 궁금하지 않아서라기보다 워낙 많은 아이에게 관심을 받아왔기 때문에 생겨난 버릇인 듯했다. 어쨌건 현지는 서영을 더 궁금해할 사람은 아니었다. 책 읽을 시간에 밖에 나가서 피구를 하듯, 서영을 궁금해할 시간에 서영에게 자신에 대해 더 궁금한 것 없느냐고 물어볼 아이였다. 그러니 굳이 반대되는 자신의 성향을 노출할 필요는 없다고 생각했다. 애초에 설명이 필요한 일은 만들지 않는 게 편하다.

"그래? 역시. 나랑 비슷한 게 많네."

현지는 서영에게 처음 봤을 때부터 통하는 게 많을 것 같다고 느꼈다고 말했다. 그 말이 사실인지 아닌지는 중요하지 않았다. 지금 현지가 서영을 편안하게 느낀다는 점만이 중요했다. 현지의 방에서 서영은 그동안 많은 관계에서 그랬듯 이야기를 들어주고, 상대방이 관심을 가지는 것들에 긍정적인 이야기만 해주는 태도를 보였다. 남들이 다 아는 이서영이 유현지라는 포식자에게도 통할지 떨리는 마음으로 시험해본 순간이었다. 다행히 현지는 서영이 마음에 들었다는 듯 자신과 비슷한 게 많다는 말로 서영을 동류로 쉽게 정의했다. 서영의 고분고분함이 거슬리지 않아 마음에 들었으리라는 건 굳이 현지의 입으로 듣지 않아도 알 수 있는 일이었다. 서영은 인정받은 것 같은 기분에 안도감을 느끼며 작별인사를 하고 집으로 돌아왔다.

"왜 이렇게 늦었어. 걱정했잖아."

서영이 집에 들어가자마자 엄마는 학교에서 있었던 일에 대해 물었다. 서영은 오늘 있었던 일을 적당히 뭉쳐서 설명하기 시작했다. 학교에서 있었던 모든 일을 온전히 설명하는 것은 애초에 불가능하다. 뾰족하게 튀어나온 부분은 적당히 쳐내고, 가시 같았던 감정들은 덮어 최대한 둥글게 뭉개서 엄마와 아빠가 받아들일 수 있을 정도의 적당한 공 모양으로 만들어 던진다. 어른들은 그래야 이야기를 받을 수 있다.

사실 매일 학교에서 일어나는 일들은 둥글고 예쁜 공이 아니라, 마구잡이로 꼬여버린 용수철 덩어리에 어디서 붙어왔는지 출처를 알 수 없는 가시들로 점철된 더러운 모양새에 가깝다. 날것 그대로 던지면 어른들이 받아

먹지를 못한다. 기대했던 바와 다른 게 날아오면 어디서 쓰레기를 던지느냐며 공이 날아온 곳에 다짜고짜 화를 내기에 바쁘다. 나이가 들수록 상상력이 빈약해져 예상과 다른 것들에 한없이 취약해진다. 엄마는 서영이 전학 첫날부터 친구들과 함께 피구를 하면서 놀았고, 반에서 공부를 제일 잘하고 같은 아파트에 사는 예쁜 친구의 집에서 잘 놀다가 들어왔다는 사실에 안도했다.

서영은 좀처럼 잠을 잘 수 없었다. 내일은 어떤 무리에 들어갈지 무조건 정해야 한다는 부담감 때문이었다. 전학과 동시에 백연초등학교 4학년 3반이라는 소속이 부여되었지만, 이는 어디까지나 이름뿐인 소속이었다. 점심을 같이 먹고 과학실, 음악실, 운동장, 심지어 화장실까지 교내에서 이동이 필요한 순간마다 누구와 같이 갈지, 그리고 누구와 같이 집까지 걸을지 등 생활 전반을 결정짓는 진짜 소속은 아무도 대신 만들어주지 않는다. 오롯이 아이들끼리 알아서 만들어가는 진짜 소속은 이름뿐인 소속보다 훨씬 중요하다.

결과적으로 서영은 오늘 자신에게 맞는 소속으로 들어가는 데 실패했다. 서영은 한숨을 쉬며 천장을 멍하니 바라보았다. 천장에 윤정의 얼굴과 현지의 얼굴이 둥둥 떠다녔다. 같이 있으면 마음이 편한 아이와 같이 있으면 우쭐해지는 아이. 두 사람의 얼굴이 커졌다가 작아졌다 하며 결론 없는 싸움을 했다. 그렇게 피곤했던 전학 첫날이 지나가고 있었다.

6
짝피구

서영이 교실로 들어가자 현지가 밝게 인사를 건넸다. 아이들의 눈초리가 현지의 인사를 받는 서영에게 따라붙었다. 서영도 현지에게 밝게 인사하고 옆에 있던 정은을 비롯한 다른 아이들에게도 인사를 던졌다. 아이들은 어제 떡볶이집에서 현지가 집에 같이 가자고 했을 때와 똑같은 부러움과 질투가 섞인 눈빛으로 서영을 보았다. 어제 자기 집에서 같이 놀았다는 말과 전학생을 자신들의 무리에 받아들인다는 수장으로서의 선언을 한 눈치였다.

확실히 어제보다는 아이들의 눈빛이 훨씬 호의적이었다. 어제는 굴러온 돌을 탐색하는 눈이었다면 오늘은 순응에 가까웠다. 우두머리인 현지가 서영을 받아들인다는 신호를 보냈기 때문일 터였다. 서영은 어제보다는 훨씬 편안해진 마음으로 아이들과 가벼운 이야기를 나눈 뒤 그들과 조금 떨어진 자기 자리에 앉았다.

"안녕!"
"응, 그래. 안녕."

불편한 정적이 흘렀다. 윤정과는 짝인데도 몇 마디 이상 나누기가 힘들었다. 뒤돌아보지 않아도 느껴지는 시선 때문이었다. 이유는 모르겠지만, 현지의 무리는 윤정이 누군가와 관계를 맺도록 가만히 놔두지 않았다. 서영 역시 윤정을 완전 고립 상태로 만들기 위해 받아들인 것이나 다름없었다. 서영이 윤정과 가까워지는 것은 현지네 무리와 척을 지겠다고 선언하는 것이었다. 서영은 학교생활에 큰 힘을 쏟고 싶지 않아 항상 안전한 길을 선택

해왔다. 결국 이번에도 어쩔 수 없이 안전한 길을 선택하고 윤정에 대한 호감과 궁금증을 억눌렀다.

"남자 1번이랑 여자 21번, 이런 식으로 앞 번호부터 짝이 되는 거야. 알겠지?"

오늘 체육 시간에는 짝피구를 했다. 학교에서는 꼭 짝피구를 할 때 남자아이와 여자아이를 짝으로 붙이고 남자에게 여자를 보호하는 의무를 부여하곤 했는데, 보호는커녕 짝피구야말로 승패 유무에 따라 패배의 원인을 '네 탓'으로 돌리기에 딱 좋은 운동이었다. 짝이 된 남녀는 하나의 운명 공동체가 되어 경기에 임하게 되며, 특히 여자아이의 생사가 남자아이에게까지 영향을 미쳐 남자아이는 짝인 여자아이가 공에 맞지 않도록 온몸으로 막아야 한다. 남자아이가 멀쩡히 살아 있더라도 여자아이가 공에 맞으면 같이 죽게 되기 때문이다. 아마도 경기를 통해 서로를 잘 보살피라는 교육을 하기 위해 만든 운동일 것이다. 하지만 안타깝게도 교육 현장에서 짝피구는 남녀가 서로 편을 갈라 물어뜯기에 딱 좋은 게임일 뿐이다. 서영은 경기가 끝난 후 어떤 소리를 들을지 걱정되는 마음을 애써 누르고 아이들 쪽으로 다가갔다.

"다들 짝은 찾았지? 1번부터 11번까지 같은 팀이고, 나머지는 상대 팀이야. 공격 팀 먼저 정하자."

현지의 짝은 11번, 서영의 짝은 12번이었다. 번호 하나 차이로 현지와 다른 팀이 된 서영은 마음이 복잡했다. 승패를 중요하게 생각하는 현지와 다른 팀이 된다는 것은 골치 아픈 일이었다. 현지와 노는 무리가 아니라면 크게 상관없었겠지만, 서영은 이제 현지가 인정한 무리의 일원이었으므로 일이 복잡해졌다. 현지는 "서영이만 다른 팀이네? 아쉽다."라며 서영의 어깨를 살짝 두드렸다. 자신을 챙겨주는 듯한 현지의 태도에 오묘한 고마움과 안도감을 느끼며 서영 역시 아쉽다고 말했다.

양 팀 대표가 나가 등을 맞대고 가위바위보로 공격 팀

을 정한 뒤 바로 경기가 시작되었다. 서영은 코트를 휙 휙 가르는 흰 공을 피하며 열심히 뛰어다녔고, 어느덧 서영의 코트 안에는 서영과 짝, 그리고 반대편 코트 안에는 현지와 짝만 남았다. 서영은 예상치 못한 상황이 전개되어 당황스러웠다. 만약 전력을 다해 경기해서 현지를 이기면 현지가 어떤 표정을 지을지 눈에 선했다. 물어보지 않아도 지금 현지가 원하는 건 승리였다.

하지만 그렇다고 서영의 실수로 지게 된다면 옆에 있는 짝은 물론 같은 팀 아이들의 원망을 들을 게 뻔했다. 서영은 복잡한 마음으로 날아다니는 공을 간신히 피해 다녔다. 경기가 점점 길어지자 아이들의 얼굴에 지친 기색이 역력했다. 서영은 현지의 얼굴에서 어제 떡볶이집에서 본 싫증과 비슷한 표정을 읽었다. 떡볶이집에서보다 조금 더 싫증의 농도가 진해져 짜증으로 넘어갈 듯한 표정이었다. 그때 현지의 짝이 자세를 잡고 서영이 있는 코트 안쪽으로 공을 던졌다. 날아오는 공을 본 순간 현지의 짜증 섞인 표정을 떠올린 서영은 공이 날아오는 방향으로 살짝 팔뚝을 맞댔다. 툭. 서영의 팔에 맞은 공이 바닥으로 떨어졌고 동시에 상대 팀 아이들의 함성이 들렸다. 서영의 짝인 남자아이가 퉁명스러운 표정으로 다가와 말했다.

"와…… 너는 그것도 못 피하냐?"

예상했던 비난이었다. 오늘 경기에서 서영의 팀이 패배한 원인은 오롯이 서영이 되었다. 아이들이 느낀 패배의 쓴맛만큼 아픈 화살을 감당해야 할 터였다. 서영은 그걸 알면서도 자신이 왜 공을 맞기로 했는지 그 마음을 오롯이 알 수는 없었다. 그저 순간적으로 이 게임은 현지가 이끄는 팀의 승리로 끝나야 자연스럽다는 생각이 스쳤음을 기억했다. 그렇게 이해되지 않는 선택으로 패배의 원인이 되어 비난을 받던 서영이 기어 들어가는 목소리로 미안하다는 말을 뱉으려 할 때였다.

"야, 너 왜 말을 그렇게 하냐? 네가 서영이 앞에서 잘

막았어야지!"

현지가 나서서 서영을 두둔했다. 현지는 서영 쪽으로 걸어와 누가 봐도 '나는 얘 편이다.'라는 행동을 취하며 서영을 변호했다. 그러자 서영을 탓하던 짝은 금세 입을 다물었고 서영에게 짜증을 풀려고 했던 다른 아이들도 장전하고 있던 총을 거두는 기운이 느껴졌다. 그 순간 서영은 자신이 마지막 순간에 규칙을 무시하고 현지의 편이 되기를 자발적으로 선택했다는 것을 깨달았다.

서영은 날아오는 공을 그냥 맞아준 게 아니었다. 코트 안에서 다른 편으로 갈라진 현지에게 위협을 느껴 스스로 같은 편이 되기로 선택한 것이다. 서영의 행위는 현지와 같은 편이 되겠다는 명백한 표현이었고, 현지의 옹호는 자신을 선택한 이에 대한 확실한 보상이었다. 현지의 두둔으로 순식간에 아이들 사이의 판도가 바뀌는 것을 느낀 서영은 공에 맞아주기를 잘했다고 생각했다.

7

피구왕 서영

가을 체육대회 날짜가 가까워지자 체육 시간에는 두 번 걸러 한 번꼴로 남자애들은 축구, 여자애들은 피구 연습을 했다. 반 대항 경기를 대비한 연습이었는데, 말이 연습이지 거의 실전에 가까웠다. 서영은 경기마다 승부에 목숨을 거는 아이들 틈바구니에서 남모를 이질감을 느끼며 어떻게든 패배의 원인이 되지는 않기 위해 이리저리 열심히 뛰어다녔다. 승부 앞에서 돌변하는 현지의 불타는 눈빛을 바라보면 없던 운동신경까지 살아나는 것 같았다. 오늘도 온몸의 감각을 끌어 모아 흰 공을 노려보고, 잡고, 던졌다. 서영의 공격으로 상대편 코트에 있던 마지막 주자가 죽어 서영의 팀이 승리했다. 함성과 함께 현지를 비롯한 아이들이 서영 주위로 모였다.

"야, 이서영 진짜 피구 잘하지 않냐? 서영이 덕에 우리 반 1등할 것 같아."

최근 현지는 아이들 앞에서 부쩍 이런 식으로 서영을 추켜세우는 말을 많이 했다. 현지는 이서영을 이루고 있는 여러 가지 중에서 '피구를 (잘)하는 이서영'에 매료된 게 분명했다. 피구 팀을 나눌 때 꼭 서영을 첫 번째로 호명하는 유현지, 거침없는 공격으로 상대 팀을 죽이는 서영을 바라보는 유현지, 경기가 승리로 끝난 후 서영의 공로를 치하하는 유현지. 현지는 확실히 피구 코트 안에서 유난히 서영을 아꼈다. 서영은 자신이 코트 안에서 보여주는 모습 덕분에 코트 밖에서도 현지의 바로 옆자리를 차지했음을 잘 알고 있었다. 경기할 때마다 아낌없이 호감을 보내던 현지는 어느덧 서영에게 '피구왕 서영'이라는 별명까지 지어주며 장난을 치곤 했다.

"서영이가 진짜 피구왕이야. 피구왕 이서영!"

현지의 장난에 이윽고 아이들도 서영을 피구왕이라 부르기 시작했다. 유치한 별명에 머쓱해져 장난치지 말라며 얼굴을 붉혔지만 내심 아이들의 관심이 싫지만은 않았다. 피구왕이라고 놀려대던 아이들의 말과 표정에서 현지의 인정을 받는 이서영, 현지의 곁을 차지한 이서영에 대한 궁금증과 부러움이 드러났기 때문이다. 여태껏 받아본 적 없는 관심을 한 몸에 받는 학교생활은 피곤하기도 했지만, 관심을 받는 게 당연한 현지 옆에 있으면 서영 역시 원래 관심을 받는 데 익숙한 사람이었던 것 같은 착각에 빠져 묘한 흥분을 느끼기도 했다.

피구왕이라는 별명은 서영의 일상에 변화를 불러왔다. 학교에서 돌아오면 방에서 책만 읽던 서영은 이제 공을 들고 밖으로 나가 피구 연습을 하기 시작했다. 아이들은 서영이 애초부터 피구를 잘한 것으로 알고 있지만, 사실 서영은 운동에는 크게 취미가 없었다. 그저 살아남기 위해 열심히 한 경기에서 운이 좋아 승리했을 뿐 자신의 실력은 단번에 무너질 수 있는 모래성이라는 사실을 잘 알고 있었다.

그러니 무너지지 않으려면 연습밖에 길이 없었다. 서영은 누가 보기라도 할까 일부러 학교 운동장이 아니라 몇 정거장 떨어진 공터로 갔다. 혼자 벽에 공을 던지며 공격 연습만 하기도 하고, 때로는 과자로 포섭한 동생을 데리고 가 공을 던지고 받는 연습을 착실히 했다. 어느덧 좋아하던 책을 읽지 못한 지 일주일이 넘었다는 걸 알았지만 연습을 포기할 수는 없었다.

"엄마, 나 나갔다 올게!"

"오늘도 애들이랑 피구 하니? 숙제는 다 한 거지? 무슨 피구를 그렇게 매일 한다니."

엄마는 서영이 공부는 하지 않고 놀기만 한다는 사실에 걱정을 내비치기도 했지만, 같이 피구를 하는 아이들이 반 1등인 현지를 비롯해 모두 상위권이라는 말에 금세 외출을 허락했다. 동생에게는 적절한 보상으로 입막음을 한 서영은 피구왕의 자리를 뺏기지 않기 위해 오늘도 공을 들고 나갔다. 그런데 여느 날과 같이 벽면에 공을 여러 각도로 던져대며 공을 받는 연습을 하고 있던 서영의 귀에 익숙한 목소리가 들렸다.

"이서영?"

맙소사, 짝 윤정이었다. 서영은 발가벗은 몸을 들킨 기분이었다. 미처 잡지 못한 공이 바닥으로 굴렀다. 윤정이 환하게 웃으며 다가왔다. 서영은 윤정에게 마음의 빚이 있었다. 그간 옆자리에 앉아 있으면서도 윤정의 존재를 의도적으로 무시해왔기 때문이다. 그런 아이 앞에서 들키고 싶지 않은 치부까지 노출되자 서영의 몸은 그대로 얼어버렸다.

“나 피구 연습하러 왔는데, 도와줄래?”

도서히 의도가 있다고 생각할 수 없을 정도로 윤정이 해맑게 물어 서영은 얼떨떨했다. “여기서 뭐 해?” 내지는 “지금 피구 연습하는 거야?”와 같은 예상 가능한 질문을 완벽히 벗어나 오히려 도움을 청하는 말로 곤란해하는 서영을 구해주었다. 피구 연습하러 왔다는 윤정의 말은 거짓이 아니었는지 한쪽 팔에 흰 공을 하나 안고 있었다. 그렇게 윤정은 부끄러움의 구덩이에 빠진 서영을 구해냈다. 서영은 고개를 끄덕였고 윤정은 여전히 꿍꿍이라고는 하나도 없는 표정으로 서영 쪽으로 공을 던졌다.

그렇게 윤정과 서영은 피구 연습을 시작했다. 서로 말 한마디 없이 공만 주고받았는데 윤정이 공을 받을 때마다 오른손은 가만히 두고 왼손으로만 공을 휘감는 듯한 모습이 눈에 들어왔다. 유심히 보지 않아도 부자연스러운 몸짓이었다. 윤정의 오른손과 왼손이 만들어내는 불균형에 궁금증이 올라오는 찰나 윤정이 잠깐 쉬었다 하자고 말했다.

"사실 어릴 때 아팠던 적이 있어서 오른손이 좀 불편해. 많이 불편한 건 아닌데 오른손은 마음대로 움직이기가 힘들어서 주로 왼손을 써. 공을 잡으려면 오른손도 써야 하니까 연습하러 온 거야."

긴 의자에 앉아 둘은 처음으로 대화다운 대화를 나눴다. 사실 대화라기보다 윤정이 열어준 비밀 상자를 보는 것에 가까웠다. 먼저 묻지 않았음에도 솔직하게 내밀한 이야기를 하는 윤정의 모습에서 서영은 또 한 번 놀라움을 느꼈다. 아이들이 왜 그렇게 윤정에게 배타적인지도 짐작이 갔다.

아이들은 자신과 다른 것에 민감하다. 어릴 때부터 보통의 모습과 다른 아이가 눈에 띄면 일단 경계하라고 배웠기 때문이다. 그런 모습은 집단에서 희생양으로 삼을 이유가 되고, 교실의 질서가 유지되는 데는 항상 희생양이 한 명쯤 필요했다. 윤정도 그런 희생양 중 하나인 듯했다. 서영은 어떤 말을 해야 기분 상하지 않게 대화를 이어갈 수 있을지 고민하며 말을 골랐다. 윤정은 보채지 않고 기다렸다.

"나 사실 피구 자주 안 했어. 잘한다는 말도 이 학교에서 처음 들어. 그래서 연습하러 온 거야. 체육대회 때 못할까 봐."

서영은 윤정의 고백에 어떤 말을 보태기보다 공평하게 자신도 비밀 상자 하나를 열었다. 윤정은 웃음을 보이며 연습 상대가 생겨서 좋다고 말했다. 정말 피구를 같이 할 사람이 생겨서 기쁘다는 진심이 묻어나는 표정이었다. 오른손을 마음대로 움직일 수 없어 공을 받거나 공격할 때 제약이 따를 게 분명한데도 윤정은 피구를 하는 내내 누구보다 자유로워 보였다. 서영은 윤정을 보며 자신의 방을 바다라고 상상할 때마다 천장에 둥둥 떠다니던 돌고래를 떠올렸다. 바다가 아무리 깊고 넓어도 즐겁게

수영하는 돌고래의 타고난 여유가 느껴졌다. 왼손에 오른손을 더해 흰 공을 잡아내는 윤정의 얼굴에 맑은 햇빛이 비쳤다.

8

초대

그날 이후 두 사람은 약속이라도 한 듯 매일 같은 장소에서 피구 공을 들고 만났다. 텅 빈 공터에서 쫓기듯 빠른 속도로 아무도 없는 벽에 공을 던져대던 서영의 연습에도 변화가 생겼다. 윤정의 공격에는 여백이 있었다. 공격과 공격 사이에 여지가 없는 서영과 달리 윤정은 공격을 한 뒤 다음 공격을 할 때까지 꼭 이전의 경기를 차분히 복기하는 바둑기사처럼 자신의 공격을 되돌아보는 듯했다. 공백을 거치고 난 윤정의 공격은 이전과 분명 차이가 있었다. 공을 그냥 던져대는 게 아니라 끝까지 잘 던지고 싶어 하는 마음이 느껴졌다.

윤정은 잘 따라와주지 않는 자신의 오른손을 어르고 달래며 끝까지 데리고 갔다. 서영은 마음대로 되지 않는 오른손을 기다려주며 끝까지 왼손과 포개 피구 공을 잡고야 마는 윤정을 보며 한 자리에 뿌리를 내리고 가만히 제제를 기다리는 라임 오렌지 나무를 떠올렸다. 공을 던지는 동작 하나에서도 피구를 정말 좋아하는 마음이 느껴지는 윤정과 함께 연습하며 서영은 처음으로 피구의 재미를 느끼기 시작했다. 뿌리 없이 바람에 떠도는 민들레 홀씨 같았던 서영이지만 윤정과 함께 피구를 하다 보면 피구만큼은 뿌리를 내리고 끝까지 좋아할 수 있지 않을까 하는 생각이 들었다.

어쩐지 서영은 윤정에게 라임 오렌지 나무 이야기를 하고 싶었다. 하지만 아직은 아니라는 생각이 마음을 짓눌렀다. 이렇게 가끔 이서영만 아는 이서영이 튀어나오려 하는 순간들이 있다. 서영만 아는 비밀을 조금은 꺼내 보여줘도 좋을 것 같은 사람을 발견했을 때다. 그러나 이 서영만 아는 이서영은 튀어나오다가 금세 쪼그라든다. 자신의 세계를 열어 보여주는 건 상대에게 이제 네 처분에 따르겠다고 선언하는 것과 다름없다. 그러나 그건 자신에게도, 상대에게도 부담스러운 일이다. 서영은 차라리 윤정이 먼저 자신의 세계로 당당히 침범해오면 좋겠다고 생각했다.

"우리 집에 갈래?"

서영의 마음속 소리가 닿았는지 피구 연습이 끝난 후 윤정은 정확히 서영이 원하는 방식으로 손을 내밀었다. 윤정이 먼저 자기 자신을 보여주겠다는 말이었다. 서영은 윤정이 내민 손을 기꺼이 잡고 집으로 향했다. 윤정은 서영과 현지가 사는 아파트와 조금 떨어진 빌라 촌에 살고 있었다. 빽빽하게 자리 잡은 빌라 사이사이에 오래전부터 이 동네를 지켜온 것 같은 다세대 주택들이 들어차 있었다. 윤정은 담벼락 윗부분이 장미 덩굴로 덮여 있는 이 층짜리 주택 앞에서 멈춰 섰다. 군데군데가 기하학적인 무늬로 장식된 청동색 대문과 나무로 된 명패, 그리고 명패 위로 뻗어 있는 장미 덩굴. 반듯하게 똑 떨어진 아파트에서만 살아온 서영에게는 동화 같은 풍경이었다. 열쇠로 문을 여는 윤정의 모습이 비밀의 화원을 여는 주인과 겹쳐 보였다.

윤정의 방에는 서영이 좋아하는 책이 많았다. 대부분 몇 번을 읽었는지 분간되지 않을 정도로 페이지가 다 닳은 책이었는데, 윤정의 아빠가 헌책방에서 사주신 거라고 했다. 몇 명의 손때가 묻었는지 가늠할 수 없을 정도로 오래된 책이었지만 책을 대하는 윤정의 모습에서는 바로 오늘 아침에 받은 크리스마스 선물을 보는 설렘이 느껴졌다.

오래된 책에서 나는 나무 냄새 때문인지 윤정의 방에서는 숲의 향기가 났다. 현지네 집에서 맡은 여유의 냄새

와는 다른 종류의 좋은 냄새였다. 현지네 집에서 맡은 냄새가 편안하지만 열등감을 자극한다면, 윤정의 방에서 나는 숲의 향기는 어딘가 다른 세상에 온 것 같아 무방비로 마음을 내려놓게 되는 그런 냄새였다. 두 사람은 숲의 향기에 파묻혀 함께 책장을 넘겼다.

9
하수구

서영과 윤정은 약속이라도 한 듯 둘만 아는 비밀의 화원에서만 제대로 된 시간을 보냈다. 비밀의 화원은 학교 밖에서만 열렸다. 윤정은 서영이 부탁하지 않았음에도 학교에서는 먼저 다정하게 말을 걸지도, 친밀감을 표현하지도 않았다. 섭섭할 정도로 착실하게 거리를 두는 행동에 서영은 윤정이 이미 교실에서 누군가와 관계를 맺는 것은 깔끔하게 체념한 게 분명하다는 생각을 했다. 학교에서의 윤정은 그림자가 되기로 자청한 사람처럼 보였다. 서영은 그런 윤정의 모습에 목을 죄는 답답함과 서운함에 더해 죄책감까지 들었지만, 학교에서는 여전히 유현지와 가장 친한 피구왕 이서영으로서 착실한 생활을 이어나갔다.

"야, 어디서 하수구 냄새 나지 않아?"

어느 반에나 이름 대신 고약한 별명으로 불리는 아이가 있다. 서영의 반 아이는 '하수구'라 불렸다. 이수현이라는 이름이 있지만, 냄새가 난다는 이유로 그를 그렇게 불렀다. 아이들은 수현이 지나갈 때마다 조롱했다. 수현은 엄마가 돌아가셔서 아빠하고 둘이 살고 있으며, 위험하다고 소문이 무성한 동네에 산다고 했다. 또 매일 제대로 씻지도 않고 학교에 와 옆에 가면 불쾌한 하수구 냄새가 나는 것이라고 했다. 아이들은 여유의 냄새만큼이나 가난의 냄새에도 민감해 가난한 생활양식에 대한 집단적인 혐오를 하수구라는 고약한 별명과 철저한 따돌림으로 드러냈다. 윤정이 교실 내 관계의 피라미드에서 배제되었다면, 수현은 피라미드의 최하위 계층에 있어 누구와의 관계에서도 약자였다.

교실에서 윤정이 그림자 같다면, 수현은 바닥에 붙은 껌 같았다. 어쩌다가 자신도 모르는 사이에 바닥에 떨어졌을 뿐인데 지나가는 모든 사람이 피하고, 가끔가다 밟게 되는 사람은 침을 뱉으며 욕을 했다. 이미 여러 번 밟혀 딱딱하고 납작해진 채 검게 붙어버린 교실 바닥의 껌. 오늘도 아이들은 하수구를 걸고 넘어지며 정글 같은 학교생활의 스트레스를 풀었고, 대부분의 아이가 이를 묵인하며 이 기이하고도 집단적인 폭력에 가담했다. 서영도 변명의 여지가 없는 방관자였다.

"너 맞았잖아. 얼른 나가. 멍청하게 서서 뭐 하냐?"

피구 공이 몸에 맞아 땅에 곤두박질치는 소리가 들렸다. 그와 동시에 짜증스런 목소리들이 수현을 향했다. 다른 아이였다면 충분히 땅볼이라며 넘어갔을 법한데 팀을 막론하고 수현을 코트 안에서 제거하기 위해 너 나 할 것 없이 하나가 됐다. 수현은 무슨 말인가를 하려다 힘이 다 빠진 얼굴로 코트 밖으로 나가려 했다.

"방금 그거 땅볼 아냐?"

그때 갑자기 윤정이 말을 덧붙였다. 순식간에 모든 아이가 윤정을 쳐다봤다.

"뭐? 야, 그게 무슨 땅볼이야. 어이없다, 최윤정."

정은이 튀어나와 윤정에게 면박을 줬다. 당장이라도 손을 올릴 것 같은 기세에 눌릴 법도 한데 윤정의 눈동자는 흔들림이 없었다. 두 사람 사이에 팽팽한 긴장감이 흘렀다. 서영은 윤정이 현지네 무리에서 배제당한 이유를 알 것도 같았다. 윤정은 적당히 맞춰주거나 묵인하고 넘어가는 데는 소질이 없었다. 강자 앞에서 고분고분하게 꼬리를 낮추는 게 습관처럼 몸에 밴 서영과 달리 윤정은 일부러 싸움을 일으키지는 않아도 싸워야 하는 순간에는 상대가 누구이든 간에 꼬리를 낮추지 않았다. 윤정은 또렷한 눈빛으로 정은을 응시했다.

"이미 죽은 걸로 됐는데 무르는 것도 좀 아니지 않아?"

상황을 정리한 건 현지의 한마디였다. 현지는 땅볼이다, 아니다로 판정을 내리기보다는 상황의 적합성을 이유로 윤정의 문제 제기를 뭉갰다. 그러자 아이들이 현지의 말에 한마디씩 거들었고, 아무도 편을 들어주지 않는 윤정의 주장은 힘을 잃었다. 서영 역시 수현이 맞은 공이 땅볼이라고 생각했지만 선뜻 나설 수가 없었다. 둘만 아는 비밀의 화원에서는 언제나 윤정의 손을 잡고 시간을 보내고 싶었지만, 학교에서는 이런 순간조차 나서지 못하는 자신의 비겁함에 속이 울렁거렸다.

"최윤정 갑자기 왜 저래? 하수구랑 베프라도 됐나?"

"최윤정도 옮아서 하수구 냄새 더 심해지는 거 아냐?"

정은을 비롯한 아이들이 독한 말로 윤정과 수현을 모욕하는 동안에도 서영은 아무 말도 하지 못했다. 아이들이 내뱉는 말은 말이 아니라 거슬리는 것들은 마구 뭉개버리는 망치질에 가까웠다. 이미 조용히 코트 밖으로 벗어난 수현과 코트 안에서 정은과 대치하고 있는 윤정은 맨몸으로 그 흉흉한 망치질을 견뎌내고 있었다. 이런 식으로 힘을 휘두르는 행위는 인간이 아닌 짐승들에게나 어울리는 방식이었다. 현지는 한마디로 우아하게 상황을 정리한 후 거슬리는 애들을 알아서 제압하는 부하들을 뒷짐 지고 바라보고 있었다. 입 꼬리를 올려 정은에게 웃음을 보내는 현지의 모습을 보며 서영은 또다시 울렁거림을 느꼈지만 바로 다시 시작된 피구 경기에 집중할 수밖에 없었다.

10

안과 밖에서 배우는 것

서영에게 현지는 마땅히 있어야 하는 울타리를 공고하게 해주는 안전장치였고, 윤정은 울타리 너머로 서영을 이끄는 사람이었다. 학교 안에서는 현지 옆에 있으면 편한 점이 많았다. 윤정과 데면데면한 척하는 자신의 위선적인 모습이 싫기도 했지만, 유현지라는 강한 울타리가 주는 안정감은 그런 생각을 금방 날려버렸다. 하지만 사람은 안정적이라는 기분만으로 현재 상황에 만족할 수 없는 동물이다. 학교 안에서 해결되지 않는 갈증, 울타리 안이 답답할 때면 윤정과 학교 밖에서 보내는 시간이 떠올랐다. 피구왕 이서영이 아닌 그냥 이서영으로 모든 걸 내려놓고 피구를 하고, 누군가에게 상처 주지 않고도 관계를 유지하고 재미있는 책을 읽으며 엉뚱한 상상을 하는 시간.

"야, 오늘 수업 끝나면 우리 집에 가서 영화 볼래?"

현지가 갑자기 서영을 비롯한 몇몇 아이를 집으로 초대했다. 가끔 이렇게 예고 없이 울타리 밖의 시간을 침범받을 때도 서영은 울타리 안을 선택했다. 서영은 알겠다고 대답하고 자리로 돌아가 윤정에게 조용히 말했다.

"오늘은 같이 연습 못 할 거 같아."

윤정은 살며시 고개를 끄덕이곤 더 이상 묻지 않았다. 서영은 울타리의 안과 밖을 넘나들면서 이중생활을 하는 것 같아 마음이 불편한 순간이 많았는데, 특히 윤정이 이렇듯 초지일관 덤덤한 태도일 때 더 불편했다. 현지와 윤정은 기본적으로 관계를 이어가는 방식이 달랐다. 현지는 울타리 안에서 일어나는 모든 일이 자신의 영향력 안에 있기를 원했다. 관계를 관리하고 통제하는 모습은 독재자에 가까웠지만, 그만큼 울타리 안의 관계에 큰 애착을 보였다. 자신의 울타리 안에서 일어나는 일들에 관심이 많고 적극적으로 행동을 취하는 현지의 방식이 때로는 목을 죄는 답답함으로 느껴지기도 했지만, 확실한 보호 아래 있다는 사실을 느끼게 해주었기에 모두 순종했다.

반면 윤정은 어떤 강요나 통제도 없이 관계에 대한 결정권을 오롯이 상대방에게 넘겼다. 그래서 마음이 편안하기도 했지만, 한편으로는 그런 수동적인 태도가 둘 사이의 무게를 도무지 가늠할 수 없게 만들었다. 현지가 울타리로 선을 그어 관계의 안과 밖을 명확하게 해주는 사람이라면, 윤정은 애초에 울타리를 칠 생각이 없는 사람 같았다. 경계의 밖에서 울타리를 지긋이 바라보며 선을 넘어 자신에게 다가오라고, 그러면 또 다른 세계가 펼쳐질 것이라고 조용히 속삭이는 게 윤정의 방식이었다.

서영은 이따금 보이는 윤정의 덤덤한 태도에 도리어 섭섭함을 느꼈다. 학교에서 따돌림 아닌 따돌림을 당하는 윤정에게 당당하게 다가가지도 못하면서, 윤정이 자신과의 관계를 가볍게 여기는 것 같다는 생각이 들 때마다 섭섭했다. 모순이라는 걸 알지만 이런 생각이 드는 건 어쩔 수 없었다.

현지네 집은 여전히 좋은 향기로 가득했다. 텔레비전과 소파 사이의 거리가 꽤 멀어 제법 영화관 분위기가 나는 쾌적한 거실에서 외국어로 된 고급스러운 포장지에 싸인 과자를 하나씩 집어 먹으며 아이들과 둘러앉아 영화를 보았다. 과자는 현지의 엄마가 스위스로 출장 갔다가 사오신 거라고 했다. 부엌에서는 지난번에 인사를 드린 아주머니께서 저녁을 준비하시는 것 같았다. 우유와 버터가 섞인 듯한 고소한 냄새가 코를 자극했다.

“아까 최윤정 진짜 어이없지 않았냐? 걔 갑자기 왜 그러는 거야?”

“맞아. 왜 나대고 난리?”

“하수구랑 놀기로 했나 봐. 잘 어울리던데?”

느닷없이 윤정의 얘기가 나오자 서영은 풀리던 긴장의 끈을 다시 잡았다. 저마다 경쟁적으로 윤정에 대해 험담을 하기 시작했다. 서영은 어떤 말도 덧붙일 수 없어 화재를 전환할 기회만 노리고 있었다. 그 순간 현지와 눈이 마주쳤다. 현지는 서영을 응시하더니 입을 열었다.

“걔 원래 분위기 파악 못 했잖아. 어차피 우리랑 상관없는 애인데 신경 끄자.”

우리랑 상관없는 애. 현지는 윤정에 대한 이야기를 이 한마디로 종결시켰다. 현지에게 윤정은 애초에 울타리 밖에 있는 아이이므로 고려 대상이 아니었다. 울타리를 넘어오려고 하면 분위기 파악을 못 하는 아이이고, 거슬리면 오늘처럼 간단히 울타리 밖으로 내쫓으면 되는 일이었다. 영역을 침범하는 아이가 있을 때마다 이런 식으로 배척하며 유현지만의 울타리를 공고하게 유지하는 방식에 여기 모인 모두가 동조하는 것 같았다. 하지만 서영은 분명 윤정과 교류하고 있었고, 당장 내일도 방과 후에 같이 피구를 하고 싶었다. 서영에게는 윤정이 '상관없는 애'가 아니었다. 서영은 지금 자신의 처지가 항로를 이탈해 엉뚱한 곳에 불시착한 비행선 같았다.

"걔 손도 불편하고 불쌍하잖아. 그냥 내버려둬."

이번에는 불쌍한 애라고 했다. 대체 윤정이 왜 불쌍하다는 것일까. 윤정이 불쌍하다는 말에도 동의할 수 없었지만 불쌍하다는 애를 교실에서 철저히 고립시키는 현지의 태도는 더욱 이해할 수 없었다. 그냥 내버려두라는 말과 상반되게 윤정을 가만히 두지 않는 장본인이 현지였다. 윤정과 가까워지는 애들이 없도록 관리하고, 오늘 피구 시합 때처럼 윤정이 존재감을 드러낼 때마다 나서서 면박을 주는 애가 할 말은 아니었다.

어른들은 착한 아이는 상을 받고, 나쁜 아이는 벌을 받는다고 쉽게 말한다. 하지만 교실에서는 착하다고 상을 주고 나쁘다고 벌을 주지 않는다. 현지는 친구도 많고 담임 선생님도 가장 좋아하는 아이이다. 공부는 물론 운동, 미술까지 다재다능해서 상도 많이 받는다. 반면 윤정은 반에서 공식적으로는 친한 친구가 하나도 없는 아이이다. 꼴찌는 아니지만, 공부를 특별히 잘하는 것도 아니고 상을 많이 받은 것 같지도 않다.

하지만 서영이 보기에는 현지와 윤정을 굳이 착한 아이와 나쁜 아이로 분류해야 한다면 착한 아이는 윤정이었다. 윤정은 쓸데없는 험담을 입에 올리지도 않고, 사람의 겉모습만 보고 섣부른 판단을 하지도 않는다. 남들보다 조금 불편한 오른손이 눈에 잘 보이지 않을 정도로 무난하게 학교생활을 하면서 운동도 열심히 하는 착실함도 갖췄다.

그런데도 교실에서 매번 칭찬과 상을 독차지하는 건 윤정이 아니라 현지다. 어릴 때부터 읽은 많은 이야기책의 결말은 착한 사람이 상을 받고 나쁜 사람이 벌을 받았지만, 교실에서는 그런 일이 일어나지 않는다. 어른들도 학교에 다녔으면서 왜 아이들에게 솔직하게 얘기해주지 않는 것일까. 집에서는 착하면 상을 받고 나쁘면 벌을 받는다는 단순하고 모호한 말로 인성교육을 끝내버리고 아이들을 학교로 보내지만, 막상 교실에서는 전혀 다른 풍경이 펼쳐져 집에서 배운 것은 다 잊고 다시 배워야 한다.

현지가 내버려두라는 말을 한 뒤에도 아이들은 이야깃거리가 떨어질 때마다 윤정과 수현을 입에 올려 시간을 죽였다. 서영은 그럴 때마다 아무 말도 하지 못한 채 울타리의 가장자리에서 서성였다. 얼른 이 자리를 벗어나고 싶다는 생각뿐이었다.

11

나의 라임 오렌지 나무

서영은 현지의 집을 나와 걸으며 윤정을 생각했다. 방과 후 둘만 아는 장소에서 서영을 기다리고 있는 윤정, 함께 피구를 하고 책을 읽는 윤정, 학교에서는 현지 옆에 있는 서영을 뻔히 보면서도 아무런 말도 하지 않는 윤정. 서영에게 윤정은 울타리 안에서의 갑갑한 생활을 견디게 해주는 존재였다. 그렇다면 윤정에게 서영은? '네가 누구와 놀던 아무래도 상관없다.'는 식의 수동적인 태도로 일관하는 윤정에게 서영은 어떤 의미일까. 윤정에 대한 모든 게 안개 낀 하늘처럼 모호했지만, 서영은 지금 당장 윤정을 만나고 싶었다. 서영은 무작정 피구 연습을 하던 공터로 갔다.

"어? 오늘 못 온다더니?"

서영의 마음의 소리를 듣기라도 한 건지 공터에는 여느 때와 같이 윤정이 흰 공을 들고 서 있었다. 서영은 텅 빈 공터에서 혼자 피구 연습을 하는 윤정을 보는 순간 알았다. 윤정은 서영을 기다렸다. 현지네 집에 간다고 얘기한 오늘도 혼자 공을 들고 나와 피구 연습을 하는 윤정은 오늘과 같은 마음으로 매일매일을 기다렸을 것이다. 서영은 윤정이 관계에 아무런 미련이 없어 초연했던 게 아니라, 언젠가는 서영이 먼저 다가와 주리라 믿고 기다렸다는 것을 느낄 수 있었다. 교실에서 단 하나 남은 관계가 혹시라도 끊어질까 봐 조심스러워서 조용히 기다릴 수밖에 없었던 윤정의 마음이 보였다. 그 순간 서영은 와락 눈물이 쏟아질 것 같았다.

"미안해. 미안해, 윤정아."

서영은 다짜고짜 미안하다는 말을 내뱉고는 참았던 눈물을 흘렸다. 서영은 볼을 타고 흐르는 눈물을 대충 훔치며 윤정에게 다시 미안하다는 말을 했다. 윤정은 갑작스러운 서영의 눈물과 사과에도 아무 말 없이 다가와 서영을 달랬다. 아무 말도 하지 않았지만 서영을 토닥이는 손길이 다 괜찮다고 위로하는 것 같았다.

눈물이 잦아든 후 둘은 공터 옆에 있는 놀이터로 가서 그네 위에 하나씩 자리를 잡고 앉았다. 어린애같이 눈물을 보였다는 생각에 머쓱해진 서영은 어떤 말을 꺼내야 할지 머릿속으로 생각을 정리하고 있었다. 윤정이 먼저 정적을 깼다.

"현지네 집에서 무슨 일 있었던 거야?"

윤정은 오늘 체육 시간에 현지네 무리와 충돌이 있었

기 때문에 현지네 집에서 애들이 어떤 얘기를 했을지 어느 정도 짐작하고 있을 터였다. 그래도 있는 그대로 얘기하면 기분이 상할 게 분명했기에 서영은 현지네 집에서 벌어진 일은 말하지 않기로 했다.

"아니, 그게 아니라, 아까 낮에 나도 네 말이 맞는다고 생각했는데 편 못 들어줘서 미안해. 그리고 요즘 학교에서도……."

서영은 여기까지 말을 하고 더는 잇지 못했다. 하지만 윤정은 생략된 뒷말을 듣지 않아도 안다는 듯이 서영을 향해 웃어 보였다.

"아니야. 네가 뭐가 미안해. 그리고 학교에서는……."

윤정도 여기까지 말을 하고는 더 이상 잇지 못했지만, 이번에는 서영이 뒷말을 알 것 같았다. 지금 학교에서 자신의 처지가 어떤지 모를 리 없었다. 윤정은 현재 상황을 너무나 잘 이해하고 있기에 서영의 이중생활이 흠이 될 수 없다고 얘기하고 싶었을 것이다.

"아, 그리고……. 미안한 거는 나보다는 수현이 쪽이 더……."

윤정이 직설적으로 얘기하지 않았지만 서영은 행간을 읽을 수 있었다. 다시금 마음이 답답해졌다. 수현에게 모진 말을 한 적은 없지만, 시선을 피하기에 급급했다. 오늘만 해도 땅볼로 보였는데도 한마디도 할 수 없었다. 지금 이 대단하지 않은 작은 마음으로 당장 할 수 있는 일은 하나뿐이었다.

"내일부터 '수현아'라고 이름 꼬박꼬박 부르자."

"그래, 좋다. 하수구라고 부르는 애들 없을 때까지."

서영의 제안에 윤정이 좋은 생각이라고 말했다. 혐오가 덕지덕지 붙은 고약한 별명이 교실에서 자취를 감출 때까지 우선 두 사람은 수현의 이름을 최대한 또박또박 많이 부르기로 했다. 윤정과 얘기를 나누며 서영은 교실 내 피라미드가 어떻게 생겼든 간에, 유현지라는 맹수가 자기 옆에 딱 붙어서 감시를 하든 말든 간에 윤정과 함께 보내는 시간이 즐겁다는 사실이 너무나 분명하다는 생각을 했다. 오늘은 피구 대신 소설책을 읽고 싶었다. 다른 건 생각할 필요도 없었고, 생각하고 싶지도 않았다. 오늘만큼은 윤정에게 먼저 손을 내밀어야 했다.

"오늘은 우리 집에 가서 책 읽을래?"

전학 후 집에 친구를 들이는 건 처음이었다. 엄마는 집에 늦게 들어온 서영에게 뭐라고 말을 하려다 뒤따라 들어온 윤정을 보자마자 반색을 하며 부드러운 목소리로 말했다.

"어머, 예쁘게도 생겼다. 네가 현지니?"
"아냐 엄마. 얘는 윤정이야. 최윤정."

서영은 윤정에게 현지냐고 묻는 엄마의 말이 끝나자마자 재빠르게 윤정을 소개하며 얼굴을 살폈다. 다행히 윤정은 개의치 않는 듯 바로 두 손 모아 공손히 인사를 했다. 엄마는 반에서 1등이라는 유현지밖에 서영의 친구를 모르기 때문에 당황한 것처럼 보였지만 이내 서영이 매일 놀던 친구가 아니라 다른 친구도 데려왔다는 사실에 기뻐하며 윤정의 인사를 반갑게 받았다. 교실에서 윤정이 처한 상황이 어떠한지 엄마가 알게 되는 순간 서영과 윤정의 우정 전선에도 불편한 간섭이 들어올 게 뻔했다. 서영은 더 이상의 질문은 차단하기 위해 서둘러 방으로 들어갔다.

서영이 친구를 집으로 데려오는 일이 드문 이유는 방을 공유하는 게 선뜻 내키지 않아서였다. 서영의 방은 이서영만 아는 이서영이 사는 아주 개인적인 우주였다. 그래서 방에 누군가를 들이는 게 쉬운 일은 아니었다. 전학을 오기 전에도 서영은 항상 오래된 친구 몇몇만 집에 초대하곤 했다. 그리 오랫동안 알고 지낸 게 아닌 윤정을 초대한 것은 이례적이었다. 윤정은 서영이 그랬듯 방에 들어서자마자 서영의 방에 빽빽하게 꽂혀 있는 책들을 둘러보다 그중 한 권을 뽑아 들었다.《나의 라임 오렌지 나무》였다.

"그 책 좋아해?"

서영이 반가운 마음에 물었다. 윤정은 좋아하는 소설이라고 답했다. 서영은 흥분을 감추지 못하고 자기도 제일 좋아하는 소설이라며 책에 관한 얘기를 시작했다. 그날 서영은 자신만 아는 이서영의 오랜 꿈을 윤정에게 말했다. 둘은 말없이 책 속으로 빠져 들어갔다. 서영은 문득 2주 만에 비로소 책을 읽는다는 사실을 깨달았다. 피구왕 서영이 된 지 2주 만의 일이었다.

다음 날 서영은 자리에 앉으며 윤정에게 "안녕!" 하고 짧게 인사를 건넸다. 윤정 역시 서영에게 손을 흔들며 인사를 받은 후 여느 때처럼 학교에서는 어색한 사이를 연기하기 위해 이내 입을 다물었다. 서영은 그런 윤정의 모습을 보자마자 마음을 굳힌 듯 말을 걸었다.

"과학 수행평가는 다 했어?"

특별할 것 없는 일상적인 질문에 윤정이 놀란 눈으로 서영을 바라보았다. 학교에서는 일상적인 대화조차 나누지 않았던 기이한 관계에 서영이 드디어 한발을 내디디며 변화를 선언한 것이다. 윤정이 슬쩍 현지네 무리가 앉아 있는 뒤쪽을 쳐다보는 것 같았다. 굽히기 싫어하는 윤정이 눈치를 보는 건 행여나 서영이 불편한 상황을 겪을까 봐 걱정되기 때문이라는 것을 느낄 수 있었다. 사실 서영도 뒤를 돌아 현지가 자신을 예의주시하고 있는지 확인해보고 싶었지만, 그 마음이 고마워서 슬금슬금 올라오는 두려움을 꾹 누르고 윤정에게 한 번 더 말을 걸었다.

"수행평가 아직 시작 못 했는데 관찰일지 쓰는 거 같이 할래?"

"그래, 같이하자. 우리 집에 갈까?"

마침내 윤정도 서영의 용기를 받아들였는지 서영의 말에 한 번 더 질문으로 대답했다. 서영은 윤정에게 좋다고 대답했다. 뒤에 앉아 있는 현지나 정은이 이곳을 보고 있는지 아닌지는 끝까지 확인하지 않았다.

12
기회

체육대회가 일주일 앞으로 다가왔다. 체육 시간마다 하는 피구 연습은 점점 더 진지해졌다. 사소한 실수에도 서로 날을 세우기 일쑤였고, 특히 현지는 승리에 방해되는 것들은 용납하지 않았다. 현지에게는 자기 반을 1등으로 만들겠다는 분명한 목표가 있는 듯 코트 안의 플레이가 물 흐르듯 순조롭게 흘러가도록 아이들을 감독하는 데 전력을 기울였다.

"야, 최윤정. 너 왜 자꾸 공을 놓쳐?"

현지의 날이 선 감독에는 윤정도 포함되었다. 현지는 줄곧 윤정에게는 직접 말을 걸지 않고 결정적인 순간에만 정은이처럼 행동이 빠른 아이들을 뒤에서 조종하며 나서곤 했는데, 피구 코트 안에서는 윤정에게도 직접 말을 걸기 시작했다. 그 모습이 이빨을 숨기고 있다가 마침내 으르렁거리기 시작한 맹수와 같았다. 목표를 향해 달리는 현지의 모습이 너무 진지하고 맹목적이어서 서영은 자신에게 하는 말이 아닌데도 현지가 짜증 섞인 목소리로 실수를 지적할 때마다 자신도 모르게 긴장했다. 현지는 아직 서영에게 피구왕이라고 부르며 장난을 치곤 했다. 아이들 앞에서 "서영이 같은 애 몇 명만 더 있어도 우리 반이 이기겠다!"는 말도 서슴없이 했다. 서영은 이제 현지가 피구왕이라고 부르는 게 자신을 코트 안에서 마음대로 조종하기 위한 명령어가 아닐지 부담스럽기까지 했다.

"서영아, 표정이 왜 그래?"

"응? 표정이 왜? 아무것도 아냐."

복잡한 머릿속이 표정으로 드러난 건지 현지가 서영에게 물어왔다. 서영은 금방 표정을 풀고 현지에게 아무 일 없다는 듯 대답했다. 서영의 대답이 끝나자마자 현지가 기다렸다는 듯 말을 이었다.

"아니, 난 또 최윤정한테 내가 뭐라고 해서 표정이 안 좋은가 했지."

"뭐?"

"너 요즘 최윤정이랑 친해진 것 같아서."

그 순간 선생님의 호루라기 소리가 들려왔고 아이들이 삼삼오오 운동장 가운데로 향했다.

"끝났네. 가자."

"아……. 그래, 가자."

서영은 현지에게 어떤 말도 하지 못하고 멍청하게 말을 얼버무리고 말았다. 윤정과 교실에서 대화하기 시작한 순간부터 언젠가는 이런 날이 오리라는 건 예상했지만, 생각보다 직설적인 현지의 말에 아무 대꾸도 할 수 없었다. 현지가 답을 들으려고 한 말은 아니라는 건 분명했다. 아무리 자리가 떨어져 있더라도 좁은 교실에서 윤정과 서영이 친근한 대화를 나누는 건 눈에 띄는 일이었다. 또 서영의 침묵이 현지에게는 이미 충분한 답이 되었을 것이다. 이제 현지에게 어떤 말을 하더라도 돌이킬 수 없다고 생각했다.

서영의 생각과 달리 현지는 그리 화가 난 것 같지도, 흥분한 것 같지도 않았다. 순리대로라면 전학 첫날의 경고를 무시하고 결국 윤정과 가까워진 서영에게 어떤 벌이 내려져야만 했다. 그런데도 현지의 태도가 생각보다 잠잠하자 서영은 오히려 더 걱정되기 시작했다. 서영은 지금이 어쩌면 폭풍이 닥치기 전 잠잠한 바다와 같은 상태일지도 모른다는 도무지 답이 나오지 않는 걱정을 하며 침묵을 지키는 현지와 나란히 운동장을 걸었다.

조금 떨어진 곳에서 서영과 현지 쪽을 쳐다보는 윤정이 보였다. 꽤 거리가 있어 윤정의 얼굴이 어떤 표정인지는 잘 보이지 않았다. 아마도 걱정하는 표정이려나. 윤정을 볼 때면 몇 번이고 담금질을 당해 온몸이 타는 고통을 겪고 마침내 단단해진 쇳덩이가 생각날 때가 있다. 지금껏 서영은 담금질을 당하지 않으려 이리저리 피해 다녔다. 그 결과 여태껏 힘들이지 않고 살아남았지만 단단해질 수는 없었다. 아마도 윤정은 앞으로 서영이 생애 처음으로 당할 담금질을 같이 걱정하고 있을 것이다.

"서영아."

현지가 나직한 목소리로 서영을 불렀다.

"응?"
"아직 다른 애들은 몰라."

현지가 내뱉은 말에는 목적어가 없었다. 하지만 묻지 않아도 생략된 목적어를 알 수 있을 것 같았다. 현지는 서영에게 마지막 기회를 주겠다는 말을 한 것이다. 울타리를 부수고 나간 양 한 마리를 찾으러 온 목동마냥 서영을 살살 꾀고 있었다. 하지만 서영은 울타리 안이 불편했고, 울타리 안 양들과는 잘 지낼 수 없어 다른 곳으로 옮기기를 선택했다. 결국 유현지가 만든 울타리 안으로 다시 들어갈 수 없다는 얘기를 해야만 했다. 하지만 이런 얘기를 명확하게 입 밖으로 뱉을 수는 없었다.

교실에서 형성된 관계는 말로 간단하게 정리하고 끝낼 수가 없다. 주말을 제외한 매일 얼굴을 보고, 하루 반나절 이상 붙어 있어야 하는 상황에서 특정 집단과 관계 종료를 선언하는 순간 불편한 관계인 아이들이 생기기 때문이다. 게다가 현지와 같은 교실의 우두머리와 틀어지는 순간 서영이 겪게 될 불편함은 눈에 선했다. 현지는 아직 인내심이 남아 있었는지 대답을 강요하지 않고 교실로 먼저 들어갔다.

13
피구왕과 피구 노예

학교에서 하는 피구 경기와 별개로 방과 후 공터에서 하는 서영과 윤정의 은밀한 피구 연습 역시 계속되었다. 한 가지 큰 변화가 있다면 이제 매일 피구만 하지는 않는다는 점이었다. 책을 읽고 싶을 때는 서로의 집에 가서 책을 읽기도 했다. 책을 읽는 날과 피구를 하는 날을 딱히 정해놓지는 않았다. 그때그때 책을 읽거나 피구를 했다. 매일 피구만 할 때에 비하면 연습 시간이 확실히 짧아졌다. 그래도 피구 공을 잡는 서영의 마음이 조금 더

편해진 이유는 이제 하고 싶을 때만 피구를 하기 때문이었다.

체육 시간에 피구 시합을 할 때면 모두가 서영을 '피구왕 서영'이라고 불렀지만, 이상하게도 서영은 정작 방과 후 공터에서 연습할 때 '진짜 피구왕'이 된 것 같았다. 부담 없이 흰 공을 들고 몸을 움직이는 즐거운 피구. 그런 피구를 할 때 서영은 비로소 피구왕이라는 왕관을 쓴 것 같았다.

체육 시간의 피구 경기는 즐거운 피구와는 거리가 있었다. 실수를 허용하지 않는 피구, 한 명이라도 더 죽여야 인정받을 수 있는 피구, 마지막으로 유현지라는 감독관 아닌 감독관이 있는 피구. 서영은 피구왕이 아니라 '피구 노예 서영'이 된 것 같았다. 학교에서는 모든 일에 순번이 매겨지는데 이런 등수 문화에는 신비한 힘이 있다. 앞 순위에 들지 못하는 모든 것이 의미가 없어지고, 학교에서 진행하는 모든 일의 목적은 오로지 순위가 되어버린다. 정말 공부하는 게 좋아서 공부한다든가, 운동하는 게 좋아서 운동하는 등의 순수한 동기는 애초에 필요도 없다. 좋아하든 말든 앞 순위에 들기 위해 당연히 해야 하는 활동일 뿐 '무슨 과목, 어떤 운동을 좋아한다. 그래서 계속한다.'는 것은 고민할 가치도 없는 문제다. 자신이 무엇을 좋아해서 계속하고 싶은지는 생각할 틈도 없다.

"윤정아, 너는 피구를 왜 해?"

"피구? 재미있으니까."

"그렇지? 너도 피구가 재미있지?"

서영은 윤정과 피구 연습을 하며 피구를 하는 이유를 물었고, 윤정 역시 피구가 좋아서 한다고 말했다. 혼자서 벽에 흰 공을 튕기며 받는 연습을 하는 윤정은 이제 제법 오른손만으로도 공을 잡는 데 익숙해졌다. 오늘 학교에서 피구를 하다 현지에게 짜증 섞인 타박을 들은 윤정의 모습이 떠올라 서영은 다시 물었다.

"그럼 이렇게 우리 둘이 하는 피구 말고 학교에서 하는 피구도 재미있어?"

"재미있어. 왜?"

"음……. 나는 요즘 학교에서 하는 피구가 재미없는 것 같아서."

윤정은 튕기던 공을 잡아 서영 쪽으로 휙 던졌다. 서영은 반사적으로 손을 뻗어 흰 공을 품에 안았다.

"지금 공 잡을 때 무슨 생각했어?"

"네가 갑자기 던졌는데 무슨 생각을 해."

윤정의 엉뚱한 질문에 서영이 어리둥절한 표정으로 대답했다.

"그러니까. 학교에서 하는 피구도 생각 말고 그냥 해."

"아니, 그런데……. 실수하면 뭐라고 하고……."

서영은 속으로 '아차' 싶었다. 윤정이 덤덤하게 보여도 낮에 현지 때문에 상처를 받았을 텐데 혹시나 그 일이 기억나게 했을까 봐 미안한 마음이 들었다.

"애들이 뭐라고 하는 것 때문에 좋아하던 걸 싫어하게 되면 너무 슬프잖아. 이렇게 거의 매일 하고 있을 정도로 좋아하는데."

그렇다. 서영은 이렇게 좋아하는 피구를 싫어하게 되는 상상을 하는 것만으로도 슬펐다. 좋아하는 일이라고는 방에서 혼자 책 읽는 시간뿐이었고, 이제 피구가 추가되어 겨우 두 가지로 늘어났는데 둘 중 하나가 없어지는 건 참으로 큰일이었다. 윤정의 말에서 서영은 어떤 울림을 느꼈다. 윤정의 말처럼 서영은 방과 후 거의 매일 피구 공을 잡고 있었다. 물론 윤정과 노는 시간이 재미있기 때문이기도 하지만 코트 안에서 피구를 하는 시간 자체가 좋았기에 가능한 일이었다. 시작은 피구왕 서영의 명성에 금이 가는 일이 생겨서는 안 된다는 부담이었는지 몰라도, 이제는 좋아하는 책 읽는 시간이 줄어들었음에도 피구 공을 여전히 손에서 놓지 않고 있었다. 이렇게 매일 찾을 정도루 좋아하는 피구를 싫어하게 된다는 건 상상도 하고 싶지 않았다. 학교 밖에서도, 안에서도 피구는 피구였다.

14
피구는 피구다

체육대회를 3일 앞두고 6반 아이들과 피구 연습 경기를 하는 날이었다. 체육복을 챙겨 입은 아이들이 일렬로 서서 짝을 맞췄다. 경기를 앞두고 체육 선생님의 호루라기 소리에 맞춰 준비운동을 시작했다. 서영의 자리는 현지의 바로 옆이었고, 어깨를 돌리던 현지와 눈이 마주쳤다. 현지는 서영에게 마지막 기회를 통보한 그날 이후 먼저 말을 걸지 않고 있었다. 서영은 자존심 센 현지가 계속 자신의 옆자리에 두던 이서영이 최윤정을 선택했다는 사실을 인정하기가 쉽지 않을 것이라 짐작할 뿐이었다. 현지가 준비하고 있는 벌이 무엇이든 간에 서영에게는 이제 윤정과 피구가 있었다. 여전히 무섭긴 하지만 자신의 선택을 받아들일 준비는 되어 있었다.

현지의 눈에는 벌써 승부욕으로 점화된 불꽃이 일렁이고 있었다. 서영은 부담감이 생기려 했지만, 어제 윤정이 얘기한 "학교에서도 생각 없이 하라."는 말을 떠올리며 마음을 다잡았다. 오늘 서영의 목표는 '생각 없이 피구하기.' 하나였다. 일부러 현지 쪽으로는 시선을 돌리지 않으려 애쓰면서 피구에만 집중하려 했다.

"자, 그럼 양 팀 대표 뒤로 돌아 가위바위보 하자."

"가위바위보!"

경기가 시작됐다. 아이들은 빠른 속도로 오가는 흰 공을 눈으로 좇으며 공을 잡고, 보내고, 내리꽂았다. 6반에 운동을 잘하는 아이가 많다는 소문이 사실이었는지 시작한 지 꽤 되었는데도 코트 안에 있는 아이들의 숫자가 좀처럼 줄어들지 않았다. 아이들은 요리조리 잘 피해 다녔다. 그때 서영의 반에 기회가 찾아왔다. 서영이 공을 들어 등을 돌리고 있던 6반 아이에게 던졌다.

"툭."

흰 공이 아이의 등을 맞고 떨어졌다. 성공이었다. 예전 같으면 습관적으로 현지의 표정을 살폈겠지만 서영은 일부러 시선을 피했다. 시선은 오로지 흰 공에만 두었다. 경기 중 시선을 둘 데가 없거나 불안할 때면 윤정 쪽으로 시선을 돌렸다. 일부러라도 윤정을 쳐다보면서 지금 하는 피구도 방과 후에 하는 연습과 똑같은 피구라는 사실을 상기했다. 윤정과 시선이 엇갈리기도 했고, 때로는 윤정과 시선이 맞닿아 눈인사를 나누기도 했다.

"아!"

수현이 정은의 발에 걸려 넘어졌고, 그때 마침 상대 팀이 던진 공이 날아와 넘어진 수현의 등에 맞았다. 넘어지는 동시에 날아온 공이라 아웃은 아니었다. 그런데도 정은은 도리어 자기 앞에 넘어져 있는 수현에게 짜증을 내며 코트 밖으로 밀어내려 했다.

"아 뭐야 진짜. 하수구 너 때문에 나도 넘어질 뻔했잖아. 빨리 나가."

"정은아, 수현이가 넘어진 사이에 맞은 공이니까 아웃은 아니지 않아?"

"뭐? 아, 최윤정 진짜. 너 하수구 되게 좋아하나 보다."

또 윤정이었다. 윤정은 수현의 이름을 정확히 대며 아웃은 아니라는 사실을 말했다.

"내 생각에도 수현이가 아웃은 아닌 것 같아……."

뒤에 있던 서영이 조심스러운 목소리로 윤정의 목소리

에 힘을 실었다. 정은은 서영까지 가세하자 당황스러운 얼굴로 현지 쪽을 쳐다보았다. 그때 경기가 중단된 채 늘어지자 6반 아이들이 "넘어져 있었던 게 맞으니 그냥 계속하자."고 아우성을 쳤다. 눈치만 보고 있던 서영의 반 아이들도 아우성을 틈타 "그냥 빨리 시작하자."는 말로 상황을 마무리하라고 종용했다. 결국 수현은 '아웃'으로 처리되지 않고 코트 안에서 계속 경기를 같이할 수 있었다. 수현이 경기를 하다 서영 근처에 왔을 때 작은 목소리로 "고마워."라고 말했다.

팽팽하게 진행되던 경기는 어느덧 양편 코트 안에 단 한 명씩의 주자만 남았다. 서영의 반에는 현지만 남아 있었다. 현지는 필사적으로 날아오는 공을 피해 다녔다. 등 뒤에도 눈이 달렸나 싶을 정도로 정확하게 공을 피하는 현지의 모습에서는 의지가 느껴졌다. 이기겠다는 의지가 현지를 대단하게 만드는 것 같았다. 여러 방향에서 날아오는 공을 능숙하게 피하는 현지의 모습에서 서영은 전학 첫날 피구 공이 날아오면 마치 총알이라도 본 것마냥 필사적으로 피하며 열심히 피구를 했던 자신의 모습을 보았다.

그때 현지의 어깨 쪽으로 공이 날아왔다. 현지는 다시 한번 몸을 돌려 피했지만 이번에는 공이 조금 더 빨랐다. 현지의 어깨를 때리고 지나간 공은 바닥에 떨어져 도르르 굴러갔다. 6반의 승리였다. 6반 아이들은 함성을 지르며 마지막까지 남아 있던 아이에게 다가갔다. 멍하니 서 있던 현지의 얼굴이 일그러졌다. 보기 흉할 정도로 구겨진 얼굴은 아니었지만 불쾌함이 분명하게 서려 있는 얼굴이었다. 서영의 반 아이들은 현지의 꿈틀거리는 눈썹을 보며 서로 눈치만 보았다. 몇몇 아이는 먼저 손을 씻겠다며 삼삼오오 수돗가로 가버렸다. 그때 정은이 현지 옆으로 다가가 명랑한 말투로 말을 걸었다.

"현지야, 잘했어!"

숨막히는 어색함을 깬 정은의 낭랑한 목소리가 울려

펴졌다. 현지는 그 말을 듣자마자 어이가 없다는 어조로 정은에게 되물었다.

"뭘?"

"어? 아니……, 너 마지막까지 잘했으니까……."

"잘했으면 이겼겠지."

현지의 말에 정은은 당황하며 할 말을 잃었다.

"넌 왜 그렇게 봐?"

이윽고 불똥이 서영에게 튀었다. 서영은 그저 옆에서 상황을 지켜보고 있었을 뿐인데 현지가 이런 식으로 갑작스럽게 시비를 걸어오자 무슨 말을 해야 할지 알 수 없었다. 서영이 조심스럽게 입을 뗀다.

"…… 내가 뭘?"

"자꾸 째려보잖아 너. 나 때문에 졌다 이거야? 왕따랑 노는 게 불쌍해서 봐줬더니."

현지가 서영에게 준 기회, 오늘의 패배로 기분이 바닥을 치자 현지의 마지막 인내심이 다한 게 분명했다. 서영은 예고 없이 뺨을 맞은 기분이라 억울하기도 했지만 대꾸할 내용도 아니라 말없이 서 있었다. 여태껏 능숙하게 아이들을 조종하던 현지가 패배 앞에서는 다른 사람을 조종해 분풀이할 생각을 하지 못하고 악을 썼다. 서영이 계속 말이 없자 현지는 분풀이를 끝내고 짜증스러운 눈빛을 감추지 못한 채 휘적휘적 교실 쪽으로 걸어갔다. 계속 현지 옆에서 서영을 노려보던 정은도 같이 가자며 현지의 뒤를 따랐다. 다른 아이들도 그 뒤를 졸졸 따라갔다. 기분이 나쁜 현지를 달랠 수 있는 능숙한 사람은 없어 보였다. 아이들은 현지의 기분을 맞추기에 급급해 서영은 신경 쓸 여력도 없어 보였다.

서영은 그 틈을 타 윤정에게 우리도 같이 손 씻고 교실로 가자며 이끌었다. 수돗가로 가는 동안에도 패배로 일

그려진 현지의 얼굴과 자신에게 분풀이하던 말투가 떠올라 서영은 즐겁지가 않았다. 오늘은 제법 피구를 아무 생각 없이 재미있게 한 것 같은데도 결과가 나쁘니 역시 끝맛은 씁쓸했다.

이런 기분이 패배 때문인지 아이들에게 분풀이하며 분위기를 얼어붙게 한 우두머리 유현지라는 존재 때문인지 알 수 없었다. 윤정이라면 답을 줄 수 있을지 궁금했다. 하지만 어쩐지 윤정에게는 현지에 관한 이야기를 꺼내는 것조차 미안해 망설여졌다. 현지네 무리 때문에 고립당한 시간이 생각날 수도 있다는 걱정에 현지 얘기는 꺼내지 않기로 정했다.

"서영아, 왜 그래? 아까 현지 때문에 그래?"

"아니야. 오늘은 피구 재미있게 하고 싶었는데, 오늘도 재미가 없었던 것 같아서."

윤정이 서영의 심란한 얼굴을 바로 읽고 물었고 서영

은 별것 아니라는 말투로 대답했다. 어차피 윤정에게 말을 건 그 순간부터 이런 일은 각오한 터였다. 오늘에서야 그 순간이 와서 차라리 시원하기까지 했다. 다만 오늘도 즐거운 피구를 하지 못했다는 게 마음에 걸렸다. 이런 식으로라면 곧 피구가 싫어질 것만 같아 그게 큰일이었다. 피구만 생각하면 분명 재미있었다. 피구는 죄가 없다. 즐거운 피구를 피구답지 못하게 만드는 것들이 문제다.

15
체육대회

"탕!"

출발을 알리는 소리와 함께 흰 화약 가루가 튄다. 출발선에서 무릎을 꿇고 대기하고 있던 아이들이 일제히 달린다. 서영도 열심히 달린다. 앞으로, 또 앞으로 두 팔과 다리를 열심히 움직이며 50미터를 달려 결승선에 도착한다. 도착과 동시에 팔목이 붙잡히고, 팔목을 붙잡은 사람은 서영의 팔 안쪽에 숫자 2가 적힌 커다란 도장을 찍는다. 서영은 팔 안쪽에 찍힌 보라색 숫자 2를 바라본다. 양옆에는 서영과 비슷하게 들어와 팔에 숫자 3, 그리고 숫자 1이 찍힌 아이들이 서 있다. 여섯 명이 함께 달렸지만 도장은 세 명까지만 받았다.

"자, 다음은 달리기 1등, 2등, 3등 나와."

이윽고 교실에서 시상식을 한다. 팔목 안쪽에 도장을 받은 1, 2, 3번만 상품을 받을 수 있는데, 순번이 앞일수록 상품의 크기가 크고 좋다. 서영은 자신의 팔목에 있는 2가 2등을 의미하며 3등보다는 낫지만 최고는 아니라는 사실을 자연스레 깨닫는다.

"서영아, 일어나야지."

엄마가 이불을 돌돌 말고 잠든 서영의 몸을 흔들었다. 눈을 뜬 서영은 자신이 꾼 꿈을 떠올렸다. 그건 첫 운동회 때의 기억으로 마치 어제 일처럼 생생했다. 특히 운동회 때 결과에 따라 팔목 안쪽에 도장을 찍어주던 기억은 도장의 감촉과 색감까지 아주 생생하게 재현되었다. 학교에서는 공부건 운동이건 마치 소고기처럼 등급을 매겨 관리했다. 서영은 오랜만에 등장한 첫 운동회의 기억을 더듬으며 우승에 목숨을 거는 듯한 현지의 눈빛을 떠올렸다. 현지처럼 체육대회 반 대항 피구 경기에 눈에 불을 켜고 달려드는 아이들이 있는 건, 어쩌면 학교가 원하기 때문이라는 생각이 들었다. 우승을 차지해서 1등 반이 되겠다는 현지의 목표는 아이들의 첫 운동회 때부터 등급을 매겨 상품을 차등 지급하며 학교가 심은 목표일 것이다.

서영은 자신이 현지만큼 모범적인 학생은 아닌 것 같다고 생각했다. 서영은 피구를 할 때 누가 실수를 하더라도 현지처럼 화가 나지도 않았고, 누가 잘하더라도 현지만큼 뿌듯해하지도 않았다. 1등 반이 되는 것보다 오늘은 피구를 재미있게 했는지 아닌지가 더 중요했기 때문이다. 지금 서영이 피구왕 서영으로 불릴 만큼 피구를 잘하는 이유는 단 하나였다. 지금까지는 피구가 즐거워서다.

전학 첫날 뜻밖에 피구로 주목받아 우연히 시작하게 되었지만 유정과 연습을 하면서 진짜로 피구가 재미있어졌다. 그러나 지금까지는 피구가 재미있어 연습도 계속하고 잘하고 있지만, 앞으로도 피구를 잘할지는 모를 일이었다. '피구가 재미없어져도 반 대항 피구 경기에서 우승하고, 계속 피구왕 서영으로 남기 위해 피구 연습을 계속하고 피구를 잘할 수 있을까?' 서영은 스스로 질문해 보았으나 선뜻 답을 내릴 수 없었다. 서영은 자신이 현지처럼 1등을 해야 한다는 이유만으로 무언가를 계속 열심히 할 수 있는 아이가 아니며, 오히려 경기에서 1등을 해야 한다는 생각을 하면 피구가 재미없어지는 아이라는 것을 잘 알고 있었다.

'그런데도 오늘 피구 시합을 해야 할까?'

서영은 속으로 몇 번을 되물으며 침대에서 일어나 화장실로 향했다. 오늘은 체육대회 날이었다. 우승을 목표로 하는 게 당연한 체육대회 반 대항 피구. 서영은 어쩐지 자신이 없었다. 지난번 6반과의 연습 경기 때처럼 결과가 좋지 않으면 또 피구가 재미없어질 것만 같아서 무섭기도 했다. 지금처럼 피구를 계속 좋아하고 싶은데 체육대회 때는 아무래도 재미있는 피구를 하기가 힘들 것만 같았다. 서영은 오늘따라 학교로 가는 길이 짧다는 생각을 하며 등교했다.

서영이 교실로 들어서자 현지네 무리가 일제히 서영을 쳐다봤다.

"최윤정 베프 왔네?"

"안녕, 정은아."

정은이 못마땅하다는 듯 대놓고 서영을 향해 빈정댔지만 서영은 더 담담한 목소리로 아무 일 없다는 듯 손을 흔들어 인사하고 현지와 눈을 마주친 후 지나갔다. 6반과 연습 경기를 했던 날 이후 현지가 아이들에게 서영에 대해 무언가 얘기를 한 게 분명했다. 뚫어질 듯 바라보는 시선들이 칼날이 되어 서영을 찔렀다. 서영은 애써 무시하고 자리로 빠르게 걸어갔다. 이제 서영은 울타리 밖으로 나왔다.

'어차피 다른 울타리에 있는 애들이야.'

서영은 이렇게 생각하며 자리에 앉았다. 언제나처럼 서영보다 일찍 온 윤정이 서영을 반겼다. 윤정은 서영에게 슬며시 오렌지를 하나 내밀었다. 오렌지에는 검은 유성 펜으로 선들이 그려져 있었는데, 그게 꼭 피구 공 같았다. 서영은 밝은 주황색 피구 공 모양의 오렌지를 본 순간 귀여운 그림에 킥킥대며 웃을 수밖에 없었다. 향긋한 주황색 피구 공에는 웃는 모양의 눈, 코, 입까지 그려져 있었다. 두 사람은 아침부터 웃고 있는 피구 공 오렌지를 손에 들고 단단한 껍질을 까 달콤한 알맹이를 한 알씩 입에 넣은 채 나란히 앉아 있었다. 서영은 입 안 가득 달게 퍼지는 오렌지 맛이 꼭 윤정이 "오늘도 우리 피구 재미있게 하자."라고 말하는 것 같다고 생각했다.

체육복을 맞춰 입은 아이들이 코트를 중심으로 서 있다. 흰 피구 공이 코트의 중앙에 있다. 중앙선을 중심으로 각자 위치로 이동한다. 서영도 위치를 지킨다. 반대편 코트에는 상대 팀 선수들이 무리를 지어 서 있다. 서영은 기분 좋은 흥분으로 심장이 빠르게 뛰는 것을 느낀다. 서영은 이제 현지의 표정을 살피지 않는다. 그렇다고 윤정 쪽을 애타게 바라보지도 않는다. 오로지 코트 안 자신의 위치, 그리고 지금 코트 중앙에 놓인 흰 공과 상대 팀만 응시하고 있다.

서영은 빨라지는 심장박동 소리에 집중하며 아침에 먹은 오렌지 피구 공의 맛을 한 번 더 떠올린다. 윤정과 함께한 방과 후 피구가 오렌지 피구 공을 수확하는 연습이었다면, 오늘의 피구 경기는 드디어 오렌지를 까서 한입에 '앙' 털어 넣는 실전이다. 손톱을 세워 단단한 껍질을 까는 데 힘이 꽤 들어가기는 했지만, 막상 속을 까보니 달콤하고 상큼한 맛에 앉은 자리에서 다 먹어 치운 오렌지색 피구 공. 서영은 이 달콤한 맛을 느끼려고 오늘 아침 도망가고 싶은 충동도 누르고 결국 코트 위에 섰다는 생각을 한다. 서영은 아침에 먹은 오렌지의 맛을 한 번 더 떠올리며 코트 중앙에 있는 흰 공을 다시 응시한다. 흰 피구 공이 이내 오렌지색으로 변한다.

"삐익!"

경기의 시작을 알리는 호루라기 소리와 함께 웃는 눈을 한 오렌지색 피구 공이 하늘로 올라간다. 서영은 자신에게 눈을 맞추며 오렌지색 피구 공이 다가오자 한 손으로 잽싸게 잡아 반대편 코트로 보낸다. 서영의 얼굴이 웃는 오렌지색 피구 공과 닮았다.

물 건너기 프로젝트

"아들, 아들이 있어야 한다."

할머니는 '아들'이라는 단어를 입에 달고 사셨다. 둘째는 무조건 아들이어야 한다는 말에 엄마는 동생을 임신했다는 사실을 알자마자 참지 못하고 동네에서 제일 용하다는 무당을 찾아갔다. 당시 다섯 살이었던 나를 집에 혼자 둘 수 없어 등에 업은 채로. 음침한 회갈색 벽돌로 대충 지은 듯한 점집은 언뜻 보면 아무도 살지 않는 폐가 같았는데, 안에는 꽤 많은 사람이 기다리고 있었다. 드디어 우리 차례가 왔을 때 엄마는 내 손을 잡고 안으로 들어갔다. 나는 엄마 무릎에 앉아 말똥말똥한 눈으로 앞에 앉은 화려한 의상을 입은 무섭게 생긴 무당을 보고 있었다. 무당은 엄마 한 번, 나를 한 번 보더니 낮은 목소리로 한마디를 던졌다.

"이번에는 아들이야."

"아휴. 정말요? 감사합니다. 감사합니다."

엄마는 기도하듯 두 손까지 모아 감사하다는 말을 연신 내뱉었다. 엄마가 아들이라는 단어를 듣고 마냥 기뻐하는 동안 무당은 서슬 퍼런 눈빛으로 다음 대사를 준비했다. 이윽고 한 편의 영화라면 싹둑 잘라내 버리고 싶은 대사이자 내 삶을 송두리째 지배하게 될 말을 내뱉었다.

"아들이 태어나면 딸한테 잡아 먹힐 팔자야."

"네?"

두려움에 벌벌 떨리는 동공을 숨기지 못한 엄마의 눈, 엄마의 눈이 나를 향했다.

"방법이 없는 건 아냐. 딸이 물만 안 건너면 되니까."

"물요?"

"외국 물 말이야. 딸이 물 건너 외국에 가면 아들한테 살이 와."

"그럼 외국에만 안 보내면 괜찮은 거 맞죠?"

"그래. 부적 하나 써줄게. 부적 쓰고, 딸내미 간수만 잘 하면 별일 없을 게야."

엄마는 그날 결국 손을 덜덜 떨면서 거금을 주고 무당에게 부적을 받아왔다. 부적은 엄마의 베개 속에 자리 잡았고, 어느 날 할머니에게 그걸 들키자 무당이 한 말을 이실직고했다. 무당이 읊은 저주에 가까운 운명에 대해서 말이다. 할머니는 다음 아이는 아들이라는 말에 안도의 한숨을 내쉬고는 나를 무서운 눈으로 바라보며 "동생 잡아먹을 년."이라고 불렀다. 당시 나는 그 말이 정확히 무슨 뜻인지 몰랐지만, 할머니가 나를 혐오한다는 것쯤은 이해하지 않아도 바로 느낄 수 있었다.

엄마는 나를 안아 할머니와 시선을 분리시키고는 "외국에만 안 나가면 된다고 한다, 부적이 다 막아줄 것이다."라는 말만 반복했다. 그러나 엄마의 방어에도 할머니는 의심의 눈초리를 거두지 않았고, 퇴근해서 돌아온 아빠는 할머니와 엄마 사이의 이상 기류를 감지하고 무슨 일인지 물었다. 상황을 들은 아빠는 엄마에게 쓸데없는 짓을 해서 괜히 이상한 소리나 듣고 왔다며 야단을 치듯 호되게 화를 냈다. 특히 부적의 가격을 들은 아빠의 목소리는 거의 천장을 뚫을 기세였는데, 겁에 질린 내가 칭얼대자 마침내 소리가 조금 잦아들었다.

여덟 달 후 동생이 태어났다. 온 가족의 염원대로 동생은 아들이었다. 그리고 바로 그날부터 내 오랜 투쟁의 역사가 시작되었다. 할머니는 동생이 태어나자 눈물을 흘렸다. 엄마는 기쁨과 안도감이 섞인 행복한 표정이었다.

아빠 역시 연신 싱글벙글 웃으며 동생을 안았다. 온 가족이 기쁨에 취해 축배를 든 것도 잠시, 할머니가 슬며시 무당의 예언을 언급했다.

"얘, 그런데 그 무당이 정말 주영이를 외국에만 안 내보내면 우리 장손 무탈하다고 했니? 다른 말은 없었구?"

할머니의 걱정에는 의심이 담겨 있었다. 엄마는 연신 고개를 끄덕이며 부적도 썼고, 정말 외국에만 안 나가면 된다고 하니 이제 걱정하지 마시라는 말을 반복했다. 왜 돈을 이상한 데다 쓰냐며 엄마를 타박하기에 바빴던 아빠 역시 정말 아들이 태어나자 신경 쓰이기는 하는지 엄마의 말에 귀를 기울였다. 그러나 엄마의 설명에도 할머니는 의심을 풀지 않았고, 산후조리가 끝나자마자 나와 엄마를 대동하고 점집을 다시 찾아갔다.

해가 지나 여섯 살이 된 나는 다시 여전히 알록달록 화려한 옷을 입은 무당 앞에 앉았다. 무당은 이번에도 가자미 눈을 뜨고 나를 보더니 같은 말을 했다.

"동생이 누나보다 기가 한참 약해. 잡아 먹힐 팔자야. 그래도 외국 물만 안 먹으면 탈은 없을 거야."

"아이고 숭해라! 어쩌다 이런 일이……. 얘를 어디 다른 집에 보내면 나아질까요?"

"어머니, 주영이 있는 데서 그게 무슨 말씀이세요."

할머니는 손을 벌벌 떨면서 나를 가리키며 마치 시장바닥에서 잘못 산 물건을 환불해줄 수 있느냐고 묻듯 무당에게 질문했고, 엄마는 깜짝 놀라 할머니를 제지했다. 그날 할머니는 엄마를 시어머니에게 대드는 버릇없는 며느리라 불렀고, 나는 여전히 동생 잡아먹을 년이라 불렀다.

"그런다고 피해지는 게 아니야. 다 팔자인 거야. 정 걱정되면 부적 하나 더 써줄 테니까 아들 베개 밑에 넣어둬."

자칫 무당이 허락한다면 오늘에라도 당장 어디 보육

원 앞에 나를 내려놓고 사라질 것만 같던 할머니의 기세는 무당의 일갈에 꺾였다. 이번에도 거금을 주고 부적을 샀고, 점집을 나와 시내버스를 타고 집까지 가는 길 내내 나는 엄마와 할머니의 기분이 별로인 것 같아 눈치를 봤다. 엄마는 가끔 나를 내려다보며 걱정스러운 눈길을 보냈고, 할머니는 내 쪽으로는 눈길도 주지 않았다.

그날 저녁 할머니는 아빠가 들어오자마자 낮에 있었던 일을 이야기했다. 아빠 역시 이제는 부적의 가격을 묻지 않고 근심 어린 눈빛으로 나 한 번, 동생을 한 번 쳐다보았다. 너무 어려 다 이해할 수는 없었지만 나는 이제 큰일 났다는 것쯤은 알 수 있었다. 누가 설명하지 않아도 내 편이 없다는 게 바로 느껴졌기 때문이다. 그 순간 생각한 문장이 아직도 생생하게 기억난다.

'다들 대체 나한테 왜 이래?'

그날 이후 내 최대 관심사는 동생의 안위였다. 동생이

아프거나 칭얼대거나 우는 이유를 모르겠다거나 뒤집기 등 성장 발달 지표 중 어느 하나라도 또래보다 조금 늦거나 하면 어김없이 그 화살이 나에게로 돌아왔다. 나는 용한 무당에게 두 번이나 공인된 '동생의 기를 꺾는 년'이었으니 동생에게 이상이 생길 때면 빠져나갈 구멍이 없었다.

집안 어른들은 동생이 밑 빠진 독이라도 되는 것처럼 항상 채워주지 못해서 안달이었다. 넘치고 넘치는 애정이 동생을 채우고도 남아 그 애는 그게 애정인지 모를 정도였는데도, 늘 아무리 줘도 부족하다는 듯 여러 명이 돌아가면서 동생에게 관심과 애정을 쏟았다. 눈치를 볼 필요도 없었고 갖고 싶은 게 있거나 먹고 싶은 게 있을 때 마음껏 떼쓸 수 있었던 동생이야말로 우리 집의 실질적인 권력자였다. 사실상 우리 집 서열 1위는 동생이었는데도 이상하게 집안 어른들은 동생을 안쓰러워하고 안타까워했다.

어른들은 동생에게는 '안타까운 아들'역할을 부여했

고, 나에게는 그런 동생을 잘 보살피고 동생에게 해가 가지 않도록 조심스럽게 얼드려 지내야 하는 '사려 깊은 딸' 역할을 주었다. 동생은 하필이면 동생의 앞길을 막을 수 있는 누나를 둔 비극적인 운명을 타고난 아픈 손가락이었다. 태어나기도 전부터 말로 다 표현할 수 없을 만큼 환영을 받았고, 탄생 후에도 내내 관심과 애정을 독점해 왔지만, 어른들은 그 애를 비극의 남자 주인공쯤으로 생각하는 것 같았다. 하필 위로 누가 한 명 더 있어 제 몫을 전부 가지지는 못하고 일정 부분은 누나에게 빼앗긴다는 점에서 동생은 늘 마땅히 더 받아야만 하는 존재였다.

아픈 손가락인 동생에게 양보하지 않거나 동생을 친절하게 돌보지 않는 누나는 바로 혼이 나기 일쑤였다. 반찬이나 간식과 같이 집 안의 식탁 위에서 시작된 작은 양보의 범위는 점점 더 반경이 넓어지고 거침없이 커졌다. 집 안에서 방을 혼자 쓰는 것, 집으로 친구들을 데리고 와서 노는 것, 장을 볼 때 갖고 싶은 물건을 하나 더 사는 것, 용돈을 더 받는 것, 학원에 다니는 것 등으로 해가 갈

수록 점점 더 양보해야 하는 것들이 늘어나기만 했다. 내 편은 없을 거라는 건 진작 눈치챈 사실이지만 그래도 가끔 한 번씩은 억울한 마음에 대들어보기도 했다. 하지만 그때마다 돌아오는 말들은 늘 똑같았다.

"재 말하는 것 좀 봐라. 내가 뭐랬니? 어릴 때부터 기를 더 꺾어놔야 한다고 하지 않았어? 대체 어미는 교육을 어떻게 한 게야?"

"주영아, 엄마 너무 힘들어. 그냥 제발 할머니한테 대들지 말고 얌전하게 있으면 안 되겠니?"

"여자애가 너무 이렇게 또박또박 따지고 얘기하는 말버릇이 들면 보기에 안 좋아. 당신 도대체 애 교육을 어떻게 한 거야?"

할머니는 동방의 철학에 심취한 도인처럼 항상 기를 운운하며 나를 꺾어야 한다는 말을 했고, 엄마는 내 두 팔을 붙잡고 신세 한탄과 하소연을 하다 결국에는 화로 마무리했다. 나에 대한 관대함과 무관심의 경계에 있는 것 같았던 아빠 역시 차분히 얘기하다가도 내가 무언가 치고 나가 말을 하는 순간마다 여자애에게 어울리지 않는 말버릇을 언급하며 혼을 냈다.

반복되는 레퍼토리에 결국 중학생이 되었을 무렵부터는 혼나지 않는 건 포기했다. 적당한 무시와 함께 동생이 제발 할머니와 부모님의 기대에 무탈하게 부응해 그들이 나라는 존재에게 돌멩이를 던지는 일이 없기를 기도하고 또 기도할 뿐이었다. 그러면서 오로지 나만 아는 '물 건너기 프로젝트'를 준비하기 시작했다.

집 앞 문방구에서 산 두꺼운 연습장을 책상 맨 아래 서랍에 숨겨두었다. 그 연습장은 집을 탈출해 이곳에서 가장 먼 곳으로 떠나기 위한 준비를 기록하는 일기장이었다. 연습장의 첫 페이지에 '물 건너기 프로젝트'라고 또박또박 적었다.

일주일에 한 번씩 받는 용돈은 최대한 아껴서 사용하

고, 많이 쓴 주에도 꼭 몇백 원이라도 남겨서 저금통에 넣기 시작했다. 가끔 동생이 알미워 꿀밤을 때리는 등 소심한 복수를 하기도 했는데, 걸리기라도 하는 날에는 할머니한테 어릴 적부터 지겹도록 듣던 "썩을 년, 동생 잡아먹는 년."이라는 소리를 다시 들어야 했다. 아빠나 엄마는 늘 골치가 아프다는 표정으로 소란을 빨리 잠재우기 위해 얼른 동생에게 사과하라는 말을 했다.

그럴 때마다 끝까지 어른들 뒤에만 숨어 있는 동생이 미웠다. 내 편을 들 리가 없다는 걸 다 아니까 우리 사이에 어떤 일이 생기더라도 그 애는 그렇게 마음 편히 숨을 수 있었다. 분에 못 이겨 동생에게 해코지했다가도 상황이 시끄러워지면 돌아올 처벌이 무서워 속으로 발을 동동 구르는 건 나뿐이었다.

동생은 익숙하게 어른들 뒤로 숨은 채 가만히 기다리면 그만이었다. 그러니까 애초에 나와 동생이 하는 건 싸움도 아니었다. 동생은 나와 투닥거리다가도 언제든 불리할 때면 방패막이가 되어줄 어른들 뒤로 후다닥 달려 나갔고, 나는 그런 동생의 뒷모습만 멀거니 보다가 별안간 동생 앞에 있는 어른들을 상대해야 했으니까 애초에 동생은 그저 나를 잠시 상대해준 것뿐이지 싸움까지는 가지도 못했던 거다.

집 안에서 완전히 혼자라는 사실을 받아들인 이후, 오히려 정말 아무도 없이 온전히 혼자일 수 있는 시간을 갈망하게 되었다. 가끔 행운처럼 그런 시간이 찾아왔고, 그럴 때마다 비디오 가게에서 영화를 한 편씩 빌려와 아무도 없는 거실에서 틀었다. 평생 구경도 해본 적 없는 다른 세계에서 살아가는 영화 속 인물들에 나를 대입하고 대리 만족을 느꼈다.

한번은 영화 〈트루먼쇼〉◆를 봤다. TV 프로그램을 위해 철저히 가공된 스튜디오 안에서 주인공의 삶 전체가 통

◆ 1998년 10월에 개봉한 피터 위어 감독의 영화, 주연 배우 짐 캐리.

제되는 것을 보면서 어쩌면 나도 저런 TV 쇼의 출연자이고, 나만 내 삶이 가짜라는 건 모르고 있는 건 아닐까 하는 상상을 해봤다. 사실은 모든 게 연출이고, 어디 멀리 가겠다고 해버리면 골치 아프니까 어릴 때부터 내 발을 꽁꽁 묶기 위해 물 건너 어디로 가지 못하게 만들어버린 것 아닐까.

차라리 그렇게 이해하는 편이 말이 되는 것 같았다. 내 두 발을 영영 이 집에 묶어두기 위해 누군가 계획적으로 일을 꾸몄고, 사실 이 집안 사람들은 나의 진짜 가족이 아니라면 그간의 모든 일이 설명됐다. 이 집에서 같이 사는 사람들이 고용된 배우라면 아무 거리낌 없이 마음 편하게 가장 먼 곳으로 훌쩍 떠나버리면 될 테니까. 하지만 이곳을 탈출해 멀리, 가능한 한 더 멀리 지구 반대편으로 도망을 치면 내 진짜 삶이 펼쳐질 것이라는 달콤한 상상은 영화 러닝타임 두 시간 동안에 했던 현실 도피였을 뿐이고, 영화가 끝난 후에도 내 두 발은 여전히 같은 곳에 묶여 있었다.

시간이 흘러 고등학생이 되었다. 초등학교 고학년이 된 동생은 크게 말썽을 부리지도 않고 공부도 그럭저럭, 운동도 그럭저럭 했다. 등수로만 따지면 항상 중간 정도였지만 할머니의 표현에 따르면 동생은 집안의 기둥이자 희망이었기 때문에 몇 등이건 칭찬을 받았다. 이제는 동생을 질투할 나이도 지났기 때문에 별생각은 없었다. 오히려 동생이 뭐든 지금처럼 중간 정도만이라도 해서 행여나 나에게 동생의 앞길을 막는 년이라는 오명이나 씌우지 않았으면 했다. 그렇게 이제는 어느덧 불합리한 대우와 취급을 받는 게 더 익숙해진 열일곱, 고등학교 1학년이 되던 해에 학교에서 제주도로 수학여행을 간다고 했다. 나는 부모님께 가정통신문을 건넸다.

"제주도?"

엄마의 목소리가 떨리는 듯했다. 나는 엄마의 망설임에 불안해졌고, 불안한 예감은 틀린 적이 없었다. 엄마는 제주도도 무당이 말한 "물을 건너지 말라."는 금기와 연결 지어 생각했다. 무당이 분명 외국이라고 했는데도 엄마는 한참을 망설이다 제주도도 위험한 것 같으니 가지 않는 게 어떠냐고 물어왔다.

“위험하다니, 누가? 내가? 아니면 진영이가?”

엄마는 다소 흥분한 나의 물음에 아무런 대답도 하지 못했다. 제주도 사건 역시 할머니와 아빠 모두가 붙어 나를 설득했다. 논리로 되지 않으니 마침내 수학여행 비용을 줄 수 없다는 협박으로 압박했다. 결국 나는 할머니, 아빠, 엄마의 설득이 아니라 자본주의의 논리에 굴복하고 말았다.

‘내가 치사하고 더러워서 돈 번다. 돈만 벌어봐라.’

그날 나는 결심을 더욱 굳혔다. 물 건너기 프로젝트의 성공을 위해 도움이 될 만한 것들을 책상 앞에서 매일 하고 또 했다. 영어를 비롯한 외국어 공부에 집중했고, 독서를 할 때도 세계사와 함께 여행기 등 다른 나라의 문화와 역사를 배울 수 있는 책들 위주로 봤다. 그리고 혹시나 가족들 눈에 띄면 나의 완벽한 계획에 차질이 생길까 봐 외국 관련 책은 무조건 학교에서만 봤다. 할머니와 같은 방을 썼기 때문에 집에서는 나만의 비밀을 지키기 어려웠다. 그 때문에 조금이라도 수상해 보일 것 같은 책이나 공부는 무조건 학교에서 해결했다. '물 건너기 프로젝트' 연습장 역시 학교 사물함에 꼭꼭 숨겨두고 매일 물을 건너기 위해 준비한 내용을 적었다.

비밀을 안고 사는 건 발을 헛디디면 곤두박질칠 수도 있는 좁은 길 위에서 균형을 잡으며 버티는 것만큼 아슬아슬한 일이었다. 들키지 말아야 한다는 것뿐 아니라 문득 찾아오는 죄책감 또한 나를 옭아맸다. 집 안에서 늘 혼자였지만 막상 정말 혼자가 될 결심을 굳힌 후에도 수도 없이 흔들렸다. 내가 떠난 후 무슨 일이 생길지도 모른다는 불안감이 나를 가만히 놔두지 않았기 때문이다.

그럴 때마다 내 발목을 붙잡고 있는 게 집안 어른들인지, 나인지, 아니면 동생인지 혼란스러웠다. 권력을 갖고 태어난 동생이 그토록 얄미웠으면서, 언제나 내 존재 자체를 꺼림칙하게 여긴 할머니와 엄마, 아빠가 그토록 원망스러웠으면서도 여전히 휘둘리는 나 자신이 답답하기도 했다. 그래도 이곳을 벗어나지 못하면 나는 영원히 누군가에게 발목을 붙잡힌 채 제자리에서 곪을 게 분명했다. 덫을 끊고 달아나는 것 외에는 방법이 없었다.

"경영학과에 지원하려고요."

수학능력시험에서 모의고사 때보다 좋은 점수가 나왔다. 꿈에 그리던 대학에 충분히 입학할 수 있을 만한 성적이 나와 원서를 쓰기 전에 얘기했다. 사실은 영어영문학과에 가고 싶었지만, 외국과 관련된 학과이기만 해도 온 가족이 경기를 일으킬 수도 있었기에 취직에 유리하도록 경영학과에 가겠다며 어른들을 설득했다.

"얘, 주영아. 너도 알겠지만, 아빠 회사 사정이……."

"원서 비용은 제가 낼게요. 등록금도 걱정하지 마세요. 요즘은 학자금 대출도 다 해주더라고요."

그때쯤 아빠 회사의 사정이 좋지 않았다. 집에서는 반찬의 숫자가 달라졌고, 부모님의 얼굴에는 늘 그늘이 드리워 있었다. 엄마와 아빠가 돈 얘기를 하며 언성을 높이는 건 흔한 일이었다. 그런 풍경을 볼 때면 '우리 집이 가난해진 건가?' 싶었지만 엄마는 동생의 중학교 입학 선물로 나는 사달라고 졸라보지도 못한 비싼 패딩 점퍼를 샀다. 돈이 없다며 반찬 가짓수도 줄이면서 이 돈은 어디에서 생겼느냐고 묻고 싶은 마음이 굴뚝 같았지만 참았다. 나에겐 어느 날 쥐도 새도 모르게 물을 건너 외국으로 튀겠다는 원대한 계획이 있었기 때문이다. 이번에는 자본의 논리로 공격할 수 없도록 원서 비용이며 등록금까지 다 내가 알아서 하겠다는 말로 선수까지 쳤다. 이 정도면 대학 진학은 투쟁 없이 무난하게 넘어갈 줄 알았다.

"그 성적이면 교대에 가는 게 어떻겠니? 여자 직업으로 선생님만 한 게 없다."

"여자애가 대학은 무슨 대학이야."

아뿔싸, 첫 번째 관문을 너무 쉽게 생각했다. 적성이나 흥미와 전혀 연결되지 않는데도 불구하고 교사가 되라는 강요를 받았고, 할머니에게서는 아예 대학을 가지 말라는 말을 들었다. 하지만 이곳 생활 19년이면 이 정도는 단련되어 있었다. 둘 다 쓰겠다고 얘기하고, 원서 비용은 내 돈으로 다 내겠다고 말했다. 여자가 무슨 대학이냐는 할머니의 말은 아빠가 성적이 아까우니 대학교는 가는 게 좋겠다고 막았다. 그때 속으로 모두에게 '메롱'을 날리며 생각했다.

'훗, 이럴 줄 알고 피똥 싸면서 공부했지롱.'

텔레비전에서는 남녀평등이니 남성 역차별이니 얘기하고 있지만 나에겐 그게 별나라 이야기 같았다. 그런 사람들한테 큰소리로 "아직 딸이 눈치 안 보고 대학을 가려면 공부를 이만큼은 해야 하는데요."라고 수능 성적을 보여주면서 말해주고 싶었다. 아, 물론 앞에서만 둘 다 쓰겠다고 했고 실제로는 교대 원서는 접수하지 않았다. 여자 직업으로는 선생님만 한 게 없다고 말한 엄마는 교사가 아니다. 엄마가 교사였다면 진정성 있는 설득으로 들렸을 수도 있겠지만, 엄마가 해보지 않은 교사라는 직업을 최고의 직업이라고 얘기하는 게 영 믿기지가 않았다. 의심병자에 꼬일 대로 꼬인 성격이 집안 내력인 것 같다. 그래, 나 꼬였다.

'그래도 해보지도 않은 일, 가보지도 않은 길을 권유하는 사람의 말만 믿고 어떻게 결정하겠어?'

결국 나는 목표했던 대학의 경영학과에 입학했다. 나만의 계획 실현이 점점 눈앞으로 다가오고 있었다. 첫 학기 등록금은 정부지원 학자금 대출을 받아서 냈다. 다행히 국립대라 사립대보다는 등록금이 훨씬 저렴했다. 그래도 다 빚이기 때문에 나는 장학금을 타기 위해 도서관에서 살다시피 했다. 교내 장학금, 근로 아르바이트 지원 공고는 보이는 족족 하이에나마냥 채서 스크랩하고 지원했다. 다행히 아빠 회사가 망하지는 않았지만 여전히 사정이 좋지 않아 내 용돈은 내가 벌어야 했다. 선배들과 동기에게 부탁해서 소개받아 과외를 시작했다. 물론 과외를 하는 건 집에 비밀에 부쳤다. 도피 자금을 몰래 마련해야 했기 때문이다. 그러다 보니 24시간을 쪼개고 또 쪼개도 동기들과 먹고 놀 시간은 부족했다. 항상 일과 공부로 바쁜 나를 두고 애들은 "참 열심히 산다."며 대단하다고 얘기하면서도 해맑은 얼굴로 불편한 질문을 하곤 했다.

"주영아, 그런데 너 왜 그렇게 과외랑 아르바이트를 많이 해?"

질문을 한 애는 70만 원짜리 시계를 차고 100만 원이 훌쩍 넘는 가방을 데이 백(Day Bag)으로 들고 다녔다. 부모님을 따라 여러 번 유럽 여행도 다녀온 아이라 대화를 하다 여행 얘기가 나왔을 때 외국에 한 번도 나가본 적이 없다는 나의 말을 듣고 꽤 놀란 표정을 짓기도 했다. 의도가 담기지는 않은 것 같은데 이런 식으로 나를 한 방 먹이는 듯한 질문을 할 때마다 나는 돈은 없고 자존심은 있었기 때문에 어설픈 거짓말을 해버렸다.

"아, 경험 삼아. 이런 것도 다 사회 경험이고 나중에 취업할 때 스펙이잖아."

스펙은 개뿔. 지금 생각해도 엉성하기 짝이 없는 거짓말이었다. 돈을 벌기 위해 닥치는 대로 한 과외나 교내 근로 아르바이트 따위가 이력서에 한 줄이라도 쓸 수 있는 스펙이 될 리가 없었다. 각종 서포터즈, 외국 연수, 산학협동연구 프로그램 등 이름은 길고 거창하면서 '무급'으로 대의를 위해 시간을 바쳐 봉사하는 경험들이 일반적으로 이력서에 작성 가능한 사회 경험이었다. 몇 번 같이 밥을 먹기도 했던 그 애와는 어느 샌가 자연스럽게 멀어졌다.

지식의 상아탑 대학에서는 도무지 지식인들이 모인 집단에서 일어날 수 없을 법한 이상한 일도 많았다. 1학년 새내기 딱지를 떼고 곧 2학년이 될 무렵이었다. 후배들을 맞이하는 신입생 환영 행사를 준비하기 위해 조 편성을 해야만 했는데, 조마다 2학년 선배를 두 명씩 배치하기로 했다. 과 대표를 비롯한 우리 과의 남학생 중 몇몇이 모니터 앞에 머리를 모으고 소란스럽게 모여 있었다.

"야, 더 볼 것도 없네. 얘가 톱이네. 얘는 내 거다. 나는 무조건 2조!"

"나는 조금 전에 걔가 더 나은데?"

"야, 얘는 새내기 맞냐? 어머님 아냐?"

과방에서 신입생들이 제출한 증명사진을 보며 당당하게 외모를 기준으로 조 편성을 하는 작당 모의를 하고 있었다. 나를 비롯한 몇몇 여학생이 들어왔는데도 말을 멈추기는커녕 인사를 한 후 바로 다시 작당 모의에 열중하는 모습에 어이가 없어 웃음이 나올 지경이었다.

나만 이상하다고 생각한 건 아니었는지 그날 한 여자 동기가 과방에서 같은 광경을 목격한 학생들을 대상으로 과대표에게 정식으로 이의를 제기하려는데 동의하느냐고 물어왔다. 나는 바로 동의한다고 답했다. 그 친구는 벌써 과대표에게 보낼 글의 초안을 완성한 상태였고, 동의한 친구들과만 글을 공유했다. 우리는 머리를 모아 문장을 고치고 또 고쳤다. 우리의 불쾌함이 행여나 왜곡되지 않도록 한 문장 한 문장에 신중을 기했다. 초안을 작성한 친구가 대표로 과대표에게 연락해 이의를 제기했다.

다음 날 과대표는 자신을 포함해 당시 과방에서 사진을 보면서 낄낄댄 남학생 모두의 이름으로 사과문을 작성해서 보내왔다. 구구절절한 사과문과 학우들이 원한다면 당장 과대표 직함을 내려놓겠다는 말에 순간적으로 '동기끼리 너무했나?'라는 생각과 함께 측은지심이 들기도 했다. 하지만 며칠 뒤 이런 인정이 얼마나 쓸데없는 것인지를 바로 깨달았다.

우연히 과방 앞 사물함에서 그날 그 사건이 있을 때 가장 큰 목소리로 낄낄댄 동기 두 명을 만났다. 인사를 한 후 책을 꺼내고 있는 나에게 한 애가 의미와 의도를 알 수 없는 질문을 해왔다.

"그런데 주영아, 너도 페미니스트 그런 거였어?"

"뭐?"

"아니, 지은이는 딱 봐도 페미니스트여서 예상은 했는데 너는 항상 조용해 보이고 해서 의외여서."

"어 맞아. 애들이 다 너는 좋게 얘기해 항상. 착하다고. 조용하고 여성스러운 이미지라 나도 이번에 놀랐어."

순간 정신이 멍해졌다. 지난번 신입생들의 증명사진을 보며 신이 나서 품평하던 것처럼 동기들에 대해서도 뒤에서 얘기하고 있다는 뉘앙스가 풍기는 말을 너무나 당당하게 내뱉어 할 말을 잃었다. 대체 무슨 생각으로 뒤에서 남을 입으로 잘근잘근 썰어서 씹어먹는 짓을 아무렇지 않게 하고 있는 건지 궁금했다. 게다가 조용하고 착해 보여서 페미니스트인 줄 몰랐다는 건 어떻게 해석해야 한다는 말인가. 일단 이들의 머릿속에 페미니스트에 대한 '어떤 이미지'가 있다는 건 분명했다.

이들이 말하는 여성스럽다라는 형용사가 뭘 의미하는 건지도 모르겠지만, 아직도 어떤 사람이 페미니스트라면 실체와는 연관도 없고 출처도 알 수 없는 이미지화된 편견과 맞서야 한다는 게 서글펐다. 21세기에, 다른 공간도 아니고 지식의 상아탑이라 불리는 대학에서 접한 이 서글픈 순간에 잠깐 꿀 먹은 벙어리가 되었지만, 그 순간 내 발목을 붙잡고 있던 점괘가 갑자기 떠올랐다.

'그러니까 일단 너희한테 페미니스트는 착하고 조용하지는 않은 사람이라는 거지? 그런데 어쩌지? 나 다섯 살 때부터 우리 동네에서 최고로 용한 무당이 인정한 기운의 소유자인데?'

나는 어차피 그 망할 점괘 때문에 여태껏 고통받고 있으니 집에서 눌린 기를 여기서 한번 시원하게 발산하자는 심정으로 사물함 문을 닫으며 냅다 질렀다.

“지금 무슨 의미로 그런 말을 하는 거야? 일단 페미니즘의 정의를 잘 모르는 것 같은데, 교양 수업 중에 페미니즘의 이해라고 있는데 그것부터 들어보는 게 좋을 것 같아.”

“어? 주영아, 혹시 기분 나빴어?”

“그리고 뒤에서 여자 동기들 외모니 성격이니 그게 뭐든 간에, 품평 그만하고. 그러다가 걸리면 착한 애한테 맞는 수가 있어.”

말을 마친 나는 뒤도 돌아보지 않고 다음 수업을 들으러 갔다. 건물을 나서 캠퍼스를 걷는데 그렇게 상쾌할 수가 없었다. 착하고 조용한 애가 아니라 나쁘고 시끄러운 애라고 소문이 나면 또 어떤가 싶었다. 하고 싶은 말을 해버리니 이렇게 시원한 것을. 한 주먹거리도 안 될 내가 경고를 했다고 해서 귀 기울여 듣지도 않았겠지만, 애초에 감수성이 없던 애들이니 내가 화난 이유를 이해하지도 못했겠지만 그래도 기분은 상쾌했다. 그날 집에 가는 길에 복싱을 등록했다. 개소리를 들을 때마다 글러브를 휘두르리라! 물론 집에는 복싱을 배우는 것도 비밀이었다.

학교에서 이상한 일만 일어났던 건 아니다. 좋은 일도 있었고, 좋은 사람도 제법 만났다. 하지만 아무리 좋은 사람을 만나도 내 오랜 투쟁의 역사에 대해서는 끝끝내 솔직해질 수 없었다. 대학에서 읽는 책과 나누는 담론의 수준이 높아지면 높아질수록 내가 겪은 일이 더없이 초라하고 부끄러워졌다. 당장 여름방학 때 외국 어디로든 여행 갈 생각에 들떠 있는 애들 틈바구니에서 탄생과 동시에 존재 자체가 환영받지 못한 내 오래된 콤플렉스를 꺼내 보이기는 힘들었다.

용기 내서 콤플렉스를 고백하더라도 "와, 아직도 그런 집이 있어?"라며 놀라는 반응만 돌아올 것 같아 두려웠다. 또 거의 매일같이 공부와 아르바이트를 병행하며 살다 보니 친구들과 시시콜콜한 놀이를 즐길 만한 여유도 없고 주머니 사정도 넉넉지 않아 점점 더 약속을 피하게 됐다. 그렇게 고백하지 못한 콤플렉스와 곤궁한 주머니 사정을 들키지 않기 위한 자존심을 꼭 끌어안고 버둥거리며 학교와 집을 오가던 차에 그 애를 만났다.

그 애는 교양 수업에서 만났다. 조별 과제에서 울며 겨자 먹기로 조장이 되어 팀 과제를 준비할 때 유일하게 항상 제시간에 나타나고, 빠르게 답장을 해주던 애였다. 매번 늦거나 갑작스러운 집안일로 불참을 통보하는 팀원들 틈에서 둘만 과제를 하고 대화를 나누는 시간이 많아졌고 자연스레 친해졌다.

선이 굵지 않은 외모에 자기 주관이 분명하지만 남의 생각을 끊거나 무시하는 법 없이 경청하는 자세가 배어 있던 그 애에게 호감을 느꼈지만, 연애하기에는 당장 내 앞가림을 하기에도 바빠 관계를 진전시키고 싶다는 욕구를 억누르고 있던 차였다. 어느 날 그 애가 먼저 저녁 시간이니 같이 밥을 먹고 가자는 제안을 해왔고, 저녁을 같이 먹으며 그 애에 대한 호감은 더 커졌다. 취향이 데칼코마니 수준으로 비슷했던 우리는 급속도로 친해졌고 그냥 아는 사이에서 '사귀는 사이'가 되었다. 학교와 집만 오가던 내 대학 생활에도 변화가 생기기 시작했다. 특히 귀가 시간이 늦어지기 시작했는데, 대학생이 된 후 어느 정도 집 안의 레이더에서 벗어나 있던 차에 통금이라는 강력한 레이더가 생겼다.

당시 밤길에 혼자 귀가하는 여대생만 노려 성폭행한 후 살해하는 연쇄 살인 사건으로 온 나라가 떠들썩했다. 아침부터 밤까지 텔레비전을 틀면 '여대생'과 '성폭행'을 키워드로 한 자극적이고 끔찍한 뉴스만 시끄럽게 나왔다. 우리 집에서 얼마 떨어지지 않은 원룸이 밀집된 동네에서도 희생자가 나와 그야말로 온 동네가 시끌시끌했다.

"그 우리 동네에서 당한 대학생이 새벽에 혼자 가다가 그랬단다. 위험하니까 주영이 너도 일찍 다녀라."

"그러게 여자애가 일찍 집에 들어가지 왜 그 시간에

혼자 싸돌아다니고 그랬대?"

"옷도 엉덩이가 다 보일 것 같은 치마를 입고, 배는 훤히 다 드러내고, 그렇게 입고 다녔다잖아."

집에서도 여대생을 대상으로 한 연쇄 성폭행 범죄에 관한 얘기가 매일같이 밥상머리에 등장했다. 뉴스에서도 그랬지만 밥상머리에서조차 사건에 대해 떠드는 얘기들은 하나같이 가해자가 아니라 피해자에 관한 얘기였다. 어디에서 떠돌아다니는 얘기인지 모르겠지만, 집안 어른들은 사건 당시 여대생의 귀가 시간과 옷차림에 대해 들은 몇 가지 소문을 조합해 하나의 이미지를 만들어냈다.

밤늦게 돌아다니고, 노출이 있는 옷을 입은 여자아이. 끔찍한 범죄가 훈계를 위한 하나의 이야깃거리가 되었고, 범죄 피해자는 반복되는 뉴스와 어른들의 입방아 속에서 이야기 소재로 전락했다. 훈계의 대상은 당연히 나였다. 아빠, 엄마, 그리고 할머니는 점점 늦어지는 나의 귀가 시간이 문제라고 했다. 외출할 때 짧은 치마라도 입는 날은 그렇게 입고 어딜 가냐는 잔소리도 따라붙었다. 생애 처음으로 받아보는 관심이었으나 전혀 달갑지 않았다.

"늦을 때는 늦는다고 연락하잖아! 그리고 옷이 뭐가 어때서!"

울컥해서 한마디씩 할 때마다 어김없이 돌아온 말은 "어른들이 다 걱정돼서 하는 말이다." 혹은 "세상이 워낙 흉흉하니까 여자애들은 조심하고 다녀야 한다."였다. 걱정이라기보다는 통제와 감시로 느껴졌고, 세상이 흉흉한 게 여자 탓은 아닌데 왜 여자가 조심해야 하는지 이해할 수 없는 사고의 흐름이었다. 늘 그렇듯 3대 1로 싸우고 동생은 방관하는 구도 속에서 나는 또 상상 속에서만 가출하고 '밤 10시'라는 통금 시간에 일단 동의한 뒤 집을 도망치듯이 나왔다.

"무슨 일 있어?"

하루 종일 썩은 과일을 씹은 표정으로 죽을상을 하고

있던 나에게 그 애가 물었다. 사실 기분이 나빴던 진짜 이유는 '밤 10시'라는 통금 시간이 아니라 그런 통제를 받아야만 하는 배경이었기 때문에 그 이유를 솔직하게 털어놨다. 그 애는 정색하며 무슨 옷을 입고 다니든 간에 범죄를 당할 만한 옷차림이라는 건 애초에 없다고 얘기했다. 너무나 그 애다운 대답이었다. 나 역시 그렇게 생각한다는 말과 함께 그 망할 무당의 저주부터 집 안에 내 편은 하나도 없는 상황까지 훌훌 털어놓고 싶었지만 "집안 어른들이 많이 보수적이다."라는 말밖에 할 수 없었다.

그 애는 그래도 잘 말씀 드리면 이해를 하실 거라고 얘기했다. 이렇게 그 애와 내가 살아온 삶의 방식에 큰 간극을 느끼는 순간마다 어느 정도 거리를 좁혔다고 생각한 우리 사이에 내 눈에만 보이는 벽이 생기곤 했다. 집에서의 갈등을 털어놓을 때마다 그 애는 일단 대화를 해보라는 말을 쉽게 했는데, 나로서는 그게 다른 어떤 부분보다 비현실적이었다. 어릴 때부터 집안 어른들과 민주적인 대화를 해본 기억이 없는 나와는 달리 그 애는 부모님과의 대화가 일상인 것처럼 보여 순식간에 거리감을 느꼈다. 그 애는 내 말에 갸우뚱하다가도 따져 묻지 않고 어른들이 너무 걱정이 크신 것 같으니 앞으로 밤에 늦어지면 집 앞까지 바래다주겠다고 말했다.

"나 이번에 교환학생 지원하려고"

"어디로?"

"미국에 있는 대학으로 알아보고 있는 중이야."

그 애는 미국에 있는 대학으로 교환학생 지원을 한다며 넌지시 나도 지원해보는 게 어떠냐고 물었다. 그 애는 내가 얼마나 외국에 나가고 싶어 하는지 알고 있었다. '물 건너기 프로젝트'에 대해서 설명한 적은 없지만, 언젠가 비행기를 타고 외국에 나가 공부하는 게 내 꿈이라고 진지하게 눈을 반짝이며 얘기했을 때 그 애는 진심으로 응원해줬다. 이미 여러 나라에 가본 경험이 있는 그 애로서는 별것 아닌 일이었을 텐데도 내 간절함을 가벼이 여기지 않았다.

하지만 외국에 나가고 싶다는 내 꿈은 가족들 모르게, 오롯이 내 힘으로 실현해야 한다는 것까지는 솔직하게 밝힐 수 없었기에 교환학생 지원을 하지 못하는 나를 이해하지 못했다. 그 애 말대로 교환학생은 항공권 값과 1년간의 생활비만 있으면 '공짜로' 공부를 하면서 외국에서 놀면서 추억도 쌓을 수 있는, 대학생이라는 신분을 이용해 누릴 수 있는 최고의 기회였다. 그러나 나는 아직 그 정도의 돈을 모으지 못했고, 그렇다고 빚을 낼 방법도 없었던 터라 절대 공짜 연수 기회가 아니었다.

"교환학생보다는 워킹홀리데이가 더 좋을 것 같아서 나는 이번에 지원 안 하려고."

"그래? 교환학생이 워홀보다 편할 텐데."

안 하는 게 아니라 못 하는 것이었지만 망할 자존심 때문에 그렇게만 얘기했다. 나도 일을 안 해도 되고 외국 대학에서 양질의 수업을 들으며 캠퍼스 생활도 경험할 수 있는 교환학생으로 가고 싶었다. 그러나 내가 외국에 가는 것은 우리 집에서 절대 용납할 수 없는 일이었고, 그런 상황이 아니었다 하더라도 내가 겪은 우리 집은 나에게 외국에서의 생활비까지 대주면서 공부를 시킬 리가 없었다.

나는 합법적으로 일하며 돈을 벌 수 있는 워킹홀리데이가 절실했다. 결국 끝까지 호주 워킹홀리데이를 고집하는 나에게 그 애는 더 조르지 못하고 미국에 있는 유명 대학교 중 자신의 전공 커리큘럼이 가장 다양하게 개설된 한 학교를 골라 지원한 후 합격했다. 나는 호주 워킹홀리데이 비자를 신청해둔 상태였고, 나 역시 비자를 받았다. 그 애는 미국으로, 나는 호주로 간다는 게 확정된 후 우리는 카페에서 만났다.

"주영이, 너야 어딜 가서 뭘 하더라도 잘할 애니까 잘 지낼 거라고 믿어."

"고마워. 너도 1지망 붙은 거 축하하고, 잘 지내."

"주영아."

"응?"

"만약 가서 힘든 일 있으면 가끔 연락해주면 안 될까?"

'힘든 일 있으면 연락할게.'도 아니고 '힘든 일 있으면 연락해주면 안 되느냐.'는 부탁을 하다니. 그 애는 그런 식으로 나랑 헤어지고 싶지 않다는 말을 우회적으로 표현했다. 나는 그러겠다고 대답은 했지만 사실 힘든 일이 있을 때 그 애한테 연락할 자신은 없었다.

살아온 방식, 가족 구성원 간의 정서적 유대감 등 그 애와 나 사이의 격차는 우리의 관계가 깊어지면 깊어질수록 벌어지면 벌어졌지 좀처럼 좁혀지지는 않았기 때문이다. 아무리 가까워져도 무너뜨릴 수 없는 벽이 그 애 앞에 있는 것 같았고, 내 눈에만 보이는 그 벽은 내 안에 뿌리 깊게 박혀 있는 콤플렉스를 자극했다.

그렇게 우리는 각자 잘 다녀와서 다시 보자는 인사를 나누고 돌아서는, 특별할 것 없이 밋밋한 이별을 했다.

혼자 집까지 걸어가는 길에 해가 지면 꼭 바래다주곤 했던 그 애가 생각나 눈물이 찔끔 날 뻔했지만, 내 콤플렉스를 먼저 내 힘으로 이겨내 성장한 후에 더 좋은 모습으로 그 애를 꼭 다시 한번 보겠다는 혼자만의 다짐을 하면서 눈물을 넣고 집으로 돌아왔다.

그 뒤로는 일사천리였다. 몰래 도청에 가서 여권을 만든 후 만기가 된 적금을 찾았고, 항공권을 끊었다. 집에는 한 달 전부터 교내 학회에서 지방으로 며칠간 워크숍을 가야 한다고 얘기해두었다. 다행히 고등학교에 진학한 남동생의 사춘기 때문에 모든 가족의 레이더가 남동생에게 집중되어 있었다. 나의 지방 출타 정도는 관심도 끌지 못했고, 자연스레 워크숍에 가는 것을 허락받고 큰 가방에 짐을 챙기기 시작했다. 그래도 물론 의심을 받을 수 있었기에 짐은 최대한 간단히 챙기는 것으로 전략을 짰다. 틈틈이 온라인으로 호주에 가자마자 임시로 묵을 곳을 예약했고, 매일 호주 워홀에 대한 후기 글을 찾아서 읽었다. 도서관에서는 호주에 관한 책만 잔뜩 읽었는데,

물론 책을 집으로 가지고 가지는 않았다. 호주 생활에 대한 준비와 영어 공부는 모두 학교 도서관에서만 했다.

"주영아, 너 어디 가니?"

"그러게. 누나 어디 가?"

"저번에 말했잖아. 학회 워크숍 간다고."

"워크숍이 뭐 하는 거니? 다 큰 여자애가 뭘 한다고 며칠씩이나 잠을 밖에서 잔다니? 쯧쯧쯧……."

"그러게 주영아, 거기 꼭 가야 하니?"

"교수님까지 다 가는 건데 어떻게 나만 빠져? 지난번에 이미 간다고 얘기했잖아."

며칠 전부터 한 말은 귓등으로 들었는지 막상 D-Day가 다가오자 또 시비를 걸어왔다. 할머니는 내가 밖에서 잠을 잔다는 것 자체를 못마땅해했고, 아빠와 엄마 역시 갑자기 꼭 가야 하느냐고 말했다. 그러나 교수님과 성적을 방패 삼아 열심히 방어하자 이내 다들 무언가 석연찮은 표정을 지으면서도 수긍해주었다.

'내가 외국으로 튈 줄은 꿈에도 모르겠지?'

속으로 또 모두에게 메롱을 날리고 마지막으로 짐을 꼼꼼하게 챙긴 뒤 잠자리에 들었다. 그리고 생애 최초로 괴롭지 않은 낭랑한 알람 소리를 들었다. 알람 소리와 함께 벌떡 몸을 일으켜 씻고 옷을 챙겨 입은 후 캐리어를 챙겼다. 나는 알람 소리에 깬 할머니에게 인사를 하고 미련 없이 집을 나섰다. 혹시나 엄마나 아빠, 진영이가 나올까 싶어 걸음을 서둘렀다.

'드디어 물을 건넌다! 오예!'

조용한 발걸음으로 집을 나서면서 속으로는 데시벨을 마구 높여 환희에 찬 함성을 지르고 있었다. 오늘은 드디어 내 오랜 투쟁의 역사를 실현하는 날이다. 나는 지금 공항 셔틀버스를 타고 인천 국제공항에 와 있다. 짐을 부치고 한쪽 의자에 앉아 한숨 돌리며 가방에서 연습장을 꺼낸다. 산 지 며칠 안 된 빳빳한 연습장의 겉장에는 '물 건너 살아남기 프로젝트'라고 적혀 있다. 내 다음 프로젝트명이다. 물 건너가서 잘 먹고 잘 사는 것. 이제는 그것만 생각하려 한다.

유성 펜으로 '물 건너기 프로젝트'라고 적은 손때 묻은 내 오랜 연습장은 할머니와 같이 쓰는 내 방 책상 위에 고이 두고 왔다. 집 안에서 그 연습장을 열어보는 사람이 있을지는 잘 모르겠다. 그래도 그 연습장에는 내 역사가 담겨 있다. 물 한번 건너보겠다고 준비해온 내 투쟁의 역사, 그리고 이제는 다 버리고 싶은 모든 순간이 들어 있다. 버리고 싶은 순간들을 가장 탈출하고 싶었던 장소에 미련 없이 두고, 지금은 그토록 오고 싶었던 공항에 앉아 있다. 앞으로 새로운 역사로 채워질 공란이 가득한 새 연습장을 들고 탑승 시간을 기다린다. 아직 탑승 시간이 꽤 남아 있다. 나는 연습장을 펴고 첫 문장을 적는다.

"물을 건너기 두 시간 전이다."

하이힐을 신지 않는 이유

나는 영화감독이다. 아직 세상에 개봉된 영화는 없지만 찍어둔 영화가 있으니 이제 나도 영화감독이라고 내 마음대로 주장하는 반쪽짜리 영화감독이다.

올여름 나는 〈하이힐을 신지 않는 이유〉라는 다큐멘터리 영화를 제작하고 있다. 하이힐을 신지 않는 주변의 여자친구들만 인터뷰하는 영화다. 오늘 인터뷰의 주인공은 대학교 4학년 때 취업 스터디를 하며 만난 친구 희수다. 희수는 취업에 성공했고, 나는 줄줄이 탈락하다 결국 그 얘기를 단편 영화로 제작하면서 나 홀로 영화감독이 되겠다며 돌연 진로를 바꿨다. 옛 기억을 꺼내 음미하다 보니 어느새 희수가 들어와 반갑게 인사한다. 커피를 주문한 후 본격적으로 인터뷰를 시작한다.

"아프니까 청춘이다◆."라는 말이 사실이라면 희수는 항상 스무 살 때가 청춘이었던 것 같다고 얘기한다. 첫사랑의 아픔이나 꿈을 찾기 위한 방황 같은 성장 영화 속 찬란하게 흔들리며 고뇌하는 청춘처럼 그럴듯한 성장통이 있었기 때문은 아니고, 엉뚱하게도 희수가 스무 살 때 처음 신은 하이힐 때문이라고 한다. 희수는 아직도 처음 하이힐을 신었던 날을 잊지 못한다고 말한다. 조금 더 정확하게 말하면 처음 하이힐을 신었던 날의 고통, 그날 절절하게 전해오던 아픔 말이다. 그 고통이야말로 사회생활의 쓴맛이라며, 하이힐에 관한 얘기가 나올 때마다 천 번을 흔들리는 대신◆◆ 하이힐 한번 신어보면 어른이 될 수 있다고 너스레를 떨곤 한다. 처음으로 하이힐을 신었던 날, 그날을 희수는 이렇게 회상한다.

"스무 살 때 미팅하는 날 굽이 8센티미터인 하이힐을 처음 신었어. 예쁘게 입고 나가야 한다는 강박이 있었는데, 그때 여자애들 머릿속에는 '예쁘게 입는다.'는 이미지가 다들 비슷했나 봐. 애들이 다 치마에 하이힐을 신고 세상 불편하게 나왔어. 옷차림이 너무 비슷해서 서로 머쓱할 정도였지. 하이힐 효과로 키가 8센티미터나 커졌는데 이상하게도 걸음걸이가 어색했어. 종종걸음으로밖에 걸을 수 없었지. 지금 생각해보면 꽤 우스웠을 거야. 그때는 걸음걸이가 어떤지 돌아볼 여유가 없었어. 아팠고, 아팠고, 아팠거든. 그냥 아팠다고 얘기하니까 그때 느꼈던 복합적인 고통이 너무 단순해지는 것 같아서 억울하다. 딱 그대로 설명할 수는 없겠지만, 발목도 아프고 발가락이랑 발바닥은 걸을 때마다 불 위에 올린 오징어처럼 돌돌 말려들면서 바싹 타오르는 것 같았어. 하이힐을 신은 발목 아래만 신체에서 잠깐 분리시켜버리고 싶었다

◆ 김난도 교수의 책 제목으로, 2010년 발간.

◆◆ 김난도 교수의 책 제목 《천 번을 흔들려야 어른이 된다》에서 인용, 2012년 발간.

니까. 하이힐을 신고 걸은 지 10분도 채 되지 않아서 '아니 대체 다들 이런 걸 어떻게 신고 걷는 거야?' 싶어서 벗고 싶었지만 당장 미팅에 가야 했고, 미팅 도중에 갑자기 신발을 벗고 맨발로 다닐 수는 없으니 일단 참았지."

대학 시절 첫 미팅에 대한 기억이 자신이 선택한 신발 탓인 신체적인 고통뿐이었다는 건 꽤 슬픈 얘기라고 생각했지만 정작 희수는 그 점은 크게 개의치 않는 것 같았다. 하긴 언제나 사람을 뒤흔들어놓고 가는 태풍 같은 기억은 긍정보다는 부정의 감정에 가까우니 미팅에서 있었던 어떤 사건이나 사람에 대한 기억이 없는 것은 적어도 그때 나쁜 일은 없었음을 의미한다는 점에서 오히려 다행이다.

희수는 금세 툭툭 털고 일어나는 것처럼 보여도 사실은 내가 아는 사람 중에서 가장 면역력이 약한 편이니까. 희수가 다시 말을 잇는다. 왜 그 이후에도 꽤 오랫동안 하이힐을 신었는지에 관해 얘기하는 것 같다. 혼자만의 생각에서 벗어나 그녀의 말에 다시 집중하기 시작한다.

"누가 나를 비웃는 것 같았어. '어른 여자'가 되어서 이런 것도 참지 못하느냐고. 정말 그래서 참았던 것 같아. 웃기지? 누가 정말로 그렇게 얘기한 적은 없는데. 하이힐을 신은 날이면 항상 발톱이나 발톱과 발가락이 부딪치는 지점에서 피가 났어. 매일 저녁 하이힐에서 내려온 내 발을 쳐다보면 피딱지가 보였는데 발톱 사이로 새어 나오는 피가 숭고해 보이기까지 했어. 고문을 당하면서도 신념을 지키는 열사들처럼 나는 나를 하이힐로 고문하면서 어떤 신념을 지켰던 걸까? 광복, 민주주의같이 대단한 신념이 있었던 건 아닐 텐데 말이야. 아무도 꼭 하이힐이어야 한다고 말한 적이 없고 누가 하이힐을 사준 것도 아니야. 어른 여자가 되면 당연히 하이힐을 신어야 하는 줄 알았어. 내가 진짜 하이힐을 신고 싶은지 아닌지는 안중에도 없이 계속 신었지."

자조적인 어투로 자신을 힐난하는 것 같은 희수의 말

을 들은 순간 '누가 그렇게 참으면서도 신으라고 떠밀었냐.'는 내 마음의 소리를 들킨 것만 같아 잠시 부끄러워진다. 마침 물어보려던 참이었는데 희수는 그런 기초적인 질문은 당연히 예상했다는 듯 일차적으로는 자신의 미련함에 대해 비판하면서 입 밖으로 꺼내지도 않은 나의 질문에 대답해주고 있다.

"이 정도면 신념이라기보다 어떤 종교적 믿음에 가까운 것 같기도 해. 어떤 이성적인 설명도, 이유도 댈 수 없는데 계속 참아왔다는 건 종교적 믿음 외에는 설명하기가 힘든 것 같아. 원래 종교라는 게 믿기 직전까지는 자유지만 믿기 시작하면 자유고 뭐고 없잖아. 개미지옥처럼 빠져 나오지 못하는 거지. 한동안 하이힐이 그랬어. 피가 나는 발을 부여잡고 억지로 하이힐을 신고 걸어 다녔지. 뛰는 게 힘들었고, 좋아하는 편한 옷들은 하이힐에 어울리지 않는다는 이유로 멀리하고 생전 입지도 않던 스타일의 옷을 하이힐에 어울린다는 이유로 샀어. 하이힐에 맞춰서 옷을 바꾸고, 걸음걸이를 바꾸고, 뛰어다니고 싶다는 생각을 바꿨지."

하이힐과 신념, 종교를 연결 짓다니 지극히 희수다운 발상에 피식 웃음이 새어 나오기도 하지만 웃지는 않는다. 그러기에는 희수가 그간 겪은 고통을 묘사하는 목소리가 매우 절실하기 때문이다. 몸과 마음을 바쳐 얻은 경험을 풀어내는 말에는 강한 확신이 깃들어 있어 타인의 목소리가 뚫고 지나가려 할 때마다 저절로 방패 역할을 해주곤 한다.

"종교처럼 하이힐을 계속 찾았는데도 피는 나더라. 하이힐의 숭고함을 견디기에는 내 발이 약했지. 시험에서 떨어져서, 혹은 취업 준비를 할 때 계속 서류 전형의 문턱도 넘지 못해서가 아니라 아무리 신어도 굳은살이 박이지 않고 계속 피가 나는 내 두 발을 내려다보면서 처음으로 '세상에는 노력해도 안 되는 게 있구나.'라고 생각했던 것 같아. 노력해도 안 되는 게 있더라고. 공부도, 취업도, 사랑도 노력해도 안 될 때가 있지만, 이렇게 육체적, 정신적으로 절절하게 체감되지는 않았거든. 그런데 웃기게도 하이힐 따위를 통해 깨닫게 된 거지. 인생에는 노력으로도 안 되는 게 있고, 그럴 때 잘 놔주는 것도 필요하겠더라고. 인생 짧잖아. 그래서 놔주기로 했어."

길들여보려 참고 노력했는데도 길들지 않아 놔주기로 했다는 희수의 말이 어쩐지 씁쓸하게 들린다. 어쩌면 희수는 하이힐을 처음 신은 스무 살의 그날 바로 직감했을 것이다. 자신은 결코 하이힐을 신고 걸어갈 수 없는 사람이라는 것을.

하지만 자존심 센 희수는 다른 어른 여자들도 다 이런 신발을 신고 잘 걸어가고 있는데 자신이 못 할 리 없다며 인정하기 싫었던 것 같다. 초등학교 때 줄넘기 2단 뛰기가 마음대로 안 되자 주말 내내 집 앞 놀이터에서 줄넘기만 연습해 결국 2단 뛰기를 해낸 희수라면 그러고도 남았을 것이다. 희수는 하이힐을 줄넘기와 같은 선상에 놓고 언젠가는 하이힐이라는 줄을 가뿐하게 넘어 하이힐을 신고 길거리를 걸어 다니는 다른 여자들과 같은 모양새로 살 수 있다는 참으로 소박한소망을 품었을 뿐이다.

'그런 거 안 신어도 희수는 희수인데!'

목구멍까지 차오른 말이지만, 내 딴에는 위로와 응원이라고 한 이 말이 희수가 보낸 그간의 시간을 무의미한 것으로 깎아 내릴 수도 있기에 입 밖으로는 차마 내뱉지 못한다. 이제 희수의 이야기는 하이힐을 버린 후의 시간으로 향하고 있다.

"사실 한순간이면 편해질 수 있는 일이었어. 하이힐을 신고 가다 무작정 편의점으로 들어가서 삼선 슬리퍼를 샀어. 하이힐은 쓰레기통에 바로 버렸지. 슬리퍼를 신고 몇 걸음 걸으니까 마치 약에 취했다가 정신을 차린 기분이더라. 주변의 모든 감각이 너무 생생하게 느껴져서 놀랐거든. 발밑에 있는 땅이 너무 잘 느껴져서 놀랐고, 발이 아프지 않아 거슬리는 게 없으니까 감각이 더 예리해진 느낌이었어. 그렇게 내 키 그대로 휘적휘적 걸으면서 집까지 갔어. 가는 길에 원시 시대로 따지자면 하이힐은 인간 생존에 필요한 기동력과 예민한 감각을 모두 막는 아주 고약한 고문 도구가 아닐까 하는 생각도 했어. 확실히 하이힐이 이동에 유리한 신발은 아니니까 생존에 유리하진 않잖아? 뾰족하고 긴 굽을 흉기로 사용할 수는 있겠지만 그걸 흉기로 쓸 바에야 평소에 호신봉 하나 가지고 다니는 게 낫겠지."

이렇게 말하며 굽이 10센티미터가 넘어 흉기처럼 생긴 하이힐 사진을 보여준다. 말갛게 웃는 희수의 얼굴을 본다. 피가 나는 발을 부여잡고도 포기하지 않았던 하이힐을 버린 희수의 심정이 어땠을까. 지금은 덤덤하게 얘기하지만, 인생 최초로 노력으로도 바꾸지 못하는 어떤 한계를 깨달은 그 순간이 절대 가볍지는 않았으리라.

희수는 누가 하이힐을 신으라고 말한 적 없다고 말하며 자신의 미련함을 탓한다. 누가 하이힐을 갖다준 건 아니지만 희수가 '어른 여자'가 되기 위한 물건으로 하이힐을 택한 것은 결코 그녀가 미련해서가 아니다. 하이힐에 부여된 어른 여자의 상징성은 희수 개인이 만들어낸 허상은 아니니까.

"굽이 높은 구두를 다 버리고 나니까 마음이 가벼워. 이제 무조건 편한 신발만 신어. 그런데 하이힐을 안 신기 시작하니까 별로 관심도 없던 사람들이 지나가면서 가끔 한마디씩 툭툭 던지더라. '옷은 예쁘게 입어놓고 신발은 왜 그래?' 이런 말들. 나는 사람들이 다른 사람한테 그렇게 관심이 많다는 걸 처음 알았어."

희수는 언제나 집단 내에서 모범군이 되고 싶어 한 사람이다. 모난 부분 없이 집단 내에서 가장 평균적인 모습으로 그렇게 살아가기를 바랐을 뿐이다. 그리고 실제로 지금까지 어떤 면에서건 평균치를 유지하며 모범군에 착실하게 속해 있다. 사람들이 이따금 던지는 무신경한 말들이 희수에게는 자신이 이제는 모범의 표본이 될 수는 없다는 아픈 자각으로 다가올 수도 있을 것 같다.

하지만 지금 내 앞에 있는 희수의 얼굴은 후련해 보인다. 이제 아픈 발을 끌고 다니지 않아도 되는 희수, 뛰어다니는 희수, 가장 편한 옷을 입고 여유로운 미소를 짓는 희수의 얼굴에서 어른스러움이 보인다. 희수의 얼굴을 한 번 더 보고 커피를 한 모금 마시며 시선을 조금 밑으로 내린다. 납작한 신발을 신고 있는 우리의 발이 탁자 아래에서 교차하고 있다.

"야, 그런데 이거 제대로 녹화된 거 맞아?"

"어어 맞아. 너 말 되게 잘한다."

"그래? 그냥 주절주절 떠들기만 했는데 이게 영화가 된다고?"

"아 그렇다니까. 그런데 개봉 날짜는 몰라."

까만 옷을 입은 여자

어느 날 여자는 앞으로 까만 옷만 입기로 했다. 가장 먼저 해야 하는 일은 옷장 정리다. 필요 없는 옷들은 이번 주말 동네에서 열리는 벼룩시장에서 팔 예정이다. 검정 운동복 차림으로 옷장 정리에 착수한 여자는 옷장을 뒤져가며 가장 튀는 옷부터 골라낸다. 옷장에서 옷을 하나둘 골라낼 때마다 옷에 엮인 기억들도 굴비처럼 줄줄이 딸려 나온다. 예쁜 색상으로 위장한 썩은 굴비 같은 기억들이 끝도 없이 딸려오는 모습을 보며 너무 오랫동안 쓸데없이 많은 것을 보관하고 있었다는 생각을 한다.

제일 처음 눈에 들어온 옷은 주름 장식이 달린 아이보리색 블라우스다. 모 기업 인턴으로 근무하던 시절에 "학생도 아니고 엄연히 사회인인데 예쁜 옷 좀 사 입으라."는 한 선배의 말을 듣고 백화점에서 큰맘 먹고 산 옷이다. 블라우스를 입고 출근한 날 그 선배는 눈길 한번 주지 않고 이번에는 "옷은 예쁘게 입고 다니는데 가방을 신경 안 쓰는 것 같다."며 눈치를 줬다.

인턴 생활을 하는 내내 밥 한 끼 따로 사준 적이 없던 그 선배는 그렇게 여자가 전혀 결핍을 느끼지 못하는 부분만 콕콕 찔러 생애 최초의 결핍을 만들어주고는 했다. 결국 가방은 돈이 없어 사지 못했고, 블라우스는 불편해서 다섯 번도 입지 못했다. 여자는 미련 없이 블라우스를 정리한다. 동시에 지금은 어디에서 어떻게 사는지도 모르는 기억 저편의 참견쟁이 선배도 까맣게 지워버린다.

다음으로 화사한 겨자색 원피스가 딸려 나온다. 블라우스와는 달리 한때는 많이 입은 원피스다. 첫 직장에 다닐 때 웜톤, 쿨톤, 가을웜, 봄웜 등등 화장이나 옷은 피부 색과 딱 맞는 컬러를 선택하는 게 가장 중요하다는 '퍼스널 컬러(Personal Color)'의 대유행에 휩쓸려 친한 직장 동료와 함께 퍼스널 컬러 테스트를 받으러 간 적이 있다.

그날 이후 여자는 따뜻한 색감의 웜색 계열 옷을 미친 듯이 구매했다. 겨자색 원피스도 그때쯤 샀다. 원피스를 입고 가는 날마다 많은 사람이 여자에게 "오늘 소개팅이라도 하냐?"고 물어왔고, 여자는 그때마다 아니라고 부인해야 했다. 단 한 번도 소개팅을 주선해주지 않으면서 사람들은 여자의 연애 공백기는 누구보다 열심히 걱정했다. 한때는 좋아했으나 입을 때마다 피곤해져 손을 대지 않게 된 겨자색 원피스를 정리하며, 이번 기억도 까만색으로 지워버린다.

끊임없이 옷을 토해내는 소화불량에 걸린 옷장을 앞에 두고 여자는 잠시 숨을 돌린다. 잠깐 침대 끝에 걸터앉아 까만 옷과 여자 사이의 오래된 역사를 더듬기 시작한다.

여덟 살인가 아홉 살 정도 되었을 때부터 여자는 엄마가 자주 입혀주던 주름 장식이 잔뜩 달린 연한 다홍색 원피스가 특히 마음에 들지 않았다. 엄마가 골라주는 옷 대부분이 여자의 취향은 아니었지만, 기대감에 찬 표정으로 환하게 웃으며 옷을 골라주는 엄마의 표정을 볼 때마다 어째서인지 옷을 거부하면 엄마가 크게 실망할 것만 같아 아무 말도 할 수가 없었다.

"나는 이게 예쁜데……."

"뭐? 아니야. 이 옷이 예뻐!"

어쩌다 용기를 내서 여자의 마음에 들어온 까만 옷을 손가락으로 가리킬 때면 엄마는 물론 옷가게의 점원까지 "그건 예쁘지 않다."고 말하며 얼른 다른 옷을 골라주곤 했다. 여자는 까만 색상에 장식이 최소한으로 붙은 깔끔한 옷이 좋았지만 그런 옷을 사달라고 할 때마다 예쁘지 않다는 말을 들으니 어느새 직접 옷을 고르겠다는 의지도 많이 꺾여버렸다. 대신 엄마가 골라준 옷을 입을 때면 거울 앞에 서서 좋아하는 까만색으로 덧칠하는 상상을 하곤 했다.

머리가 커지면서 엄마의 취향에 가까운 옷을 입는 횟수는 줄어들었고, 옷장 안에는 여자가 직접 고른 까만 옷도 제법 많이 생겼다. 하지만 여자의 취향에 꼭 맞는 옷만 며칠째 계속 입다 보면 잔소리가 따라붙곤 했다. 엄마는 여자가 법적 성년이 된 이후에도 당신만의 기준에 따라 여자가 '예쁨'의 범주에 속하는 것들과 최대한 친해지도록, 그리고 '예쁘지 않음'을 경계하도록 관리하는 데 여념이 없었다. 엄마는 여자가 예쁘기 위해 노력하지 않는 걸 이해하지 못했고, 특히 어둡고 밋밋한 옷만 골라 입는 건 예쁘지 않다고 여겼다.

게다가 까만 옷만 며칠 내리 입다가 엄마 취향에 가까운 옷을 어쩌다 입고 나간 날이면 "오늘 옷 예쁘게 입었네."라는 칭찬도 간간이 사람들에게 듣곤 했다. 옛말에 엄마 말을 들으면 자다가도 떡이 생긴다고 했던가. 자신이 먹고 싶지도 않았던 떡이 느닷없이 목구멍으로 들어온 것과 같아 당황스럽다는 게 문제였지만. 어쨌건 칭찬을 거부할 방도는 없었고, 여자는 차분한 까만 옷을 입을 때면 예고 없이 목구멍으로 떡이 들어와 말문이 턱 막히는 일은 없었기 때문에 편안한 하루를 보낼 수 있어 기분이 좋았다.

하지만 까만 옷만 입기에는 옷장에 너무 많은 옷이 숨쉬고 있었다. 매일 아침 옷장을 열 때마다 총천연색의 옷이 여자를 향해 "어서 나를 집어서 입어!"라고 소리쳤다. 온갖 옷이 내뱉는 아우성 때문에 까만 옷 쪽으로는 시선도 줄 수 없었다. 매일같이 비슷한 옷만 입을 수는 없다는 강박에 까만 옷을 집었다가 내려놓는 날도 많았다. 그렇게 입고 싶은 옷과 입어야 할 옷 사이에서 갈팡질팡하며 긴 시간을 보내다 마음에 들지 않는 옷을 머릿속에서 까맣게 칠해버리던 여덟 살의 꼬마가 십수 년도 훨씬 더 지난 지금에서야 상상을 실현하기 위해 옷장을 뒤집고 있다.

여자는 계속해서 취향과 상관없이 구매한 옷을 꺼낸다. 옷은 늘어나면 늘어날수록 같이 입어줘야만 하는 것이 많아져서 아무리 사도 늘 부족했다. 그렇게 하나둘 여자의 취향과 거리가 먼 옷이 늘어났다. 여자의 머릿속에 매일 아침 달라 보이기 위해 취향과 동떨어진 옷더미 사이를 뒤지며 낭비해온 수많은 시간이 주마등처럼 스쳐 지나간다. 너무 많이 먹어서 입을 채 닫지도 못한 채 아가미를 뻐금거리는 옷장에는 아직도 정리해야 할 옷이 한참이다.

그 많은 쓸데없는 옷 중에서 무엇을 입을지 생각하느라 바빴던 많은 날을 이제는 뒤로 밀어버리기 위해 마음에 들지 않는 옷은 과감하게 정리한다. 옷을 차곡차곡 개어 구석에 버려두고, 옷과 함께 딸려 나온 불순물 같은 기억도 여자가 좋아하는 까만색으로 쓱싹 해치워버린다. 다시는 색의 유혹에 흔들려 쓰레기 같은 옷과 기억을 끌어안고 살지 않겠다는 굳은 다짐도 한다. 여자의 옷장에는 이제 아끼던 까만 옷만 남아 있다. 까만 옷을 바라보며 여자는 미소를 짓는다.

다음 날 여자는 가장 좋아하는 까만 원피스를 꺼내 입는다. 일자로 깔끔하게 떨어지는 원피스는 소매 부분에만 망사 재질로 살짝 장식되어 튀지 않는 모습을 선호하지만 지루한 건 참지 못하는 여자의 취향에 딱 들어맞는 옷이다. 까만 옷을 입은 여자가 출근하기 위해 군중 속으로 걸어간다. 군중 속으로 들어간 여자는 까만 점이 되어 사라진다. 사람들 눈에는 잘 보이지 않지만 까만 옷을 입고 어딘가에 있다.

까만 옷을 입은 여자가 사무실로 들어선다. 형형색색으로 차려입은 사람들 사이에서 까만 옷은 튀지 않는다. 여자는 갖가지 튀는 색 때문에 눈이 부신 장소에서 하나의 점이 되어 있는 듯 없는 듯한 상태가 편하다. 까만 옷을 입은 여자에게 사람들이 한마디씩 던진다.

"어디 조문이라도 가?"

"아, 그게 아니고 앞으로 까만 옷만 입으려고요."

"까만색에 꽂힌 거야? 갑자기 왜? 실연이라도 당한 건 아니지?"

"아뇨, 아니에요. 예전부터 까만 옷을 좋아했어요."

"에이, 갑자기 그냥 까만 옷만 입겠다고 생각했다고? 무슨 일 있는 거 아냐 진짜?"

"네네, 진짜 아무 일 없어요!"

다들 조문, 실연 등의 단어를 언급하며 무슨 일이 있느냐는 질문을 한다. 그 때문에 여자는 사람들을 하나하나 붙잡고 아무 일 없으며 단지 좋아서 까만 옷을 입기로 했다고 변명 아닌 변명을 해야 한다. 취향에 변명을 붙여야 하다니 피곤하기는 하지만, 오랫동안 마음에도 없는 옷을 입고 다니느라 진을 뺐던 것에 비하면 이 정도 피곤함은 감수할 만하다고 생각한다.

오전 내내 진행된 '까만 옷 청문회'에 성실히 답변하던 여자는 어느덧 피곤해져 당분간 등에다 '이상 없음'이라고 써서 붙이고 다녀야 할지를 진지하게 고민한다. 그러나 그랬다간 정말로 '무슨 일이 있는 사람'으로 낙인이 찍힐 것 같아 상상으로만 남겨둔다. 여자는 여전히 걱정인지 저주인지 알 수 없을 정도로 까만 옷에 온갖 상상력을 부여하는 사람들에게 계속 "아무 일 없다."는 대답을 한다. 여자는 어떤 취향 하나에서 이렇게 여러 갈래로 상상이 뻗어 나갈 수 있다는 것에 놀라움을 느낀다.

다음 날도 여자는 까만 옷을 입고 출근한다. 그다음 날도, 다다음 날도 여자는 그날 가장 입고 싶은 까만 옷을 골라 입고 회사에 간다. 이제 어디 조문 가냐는 말은 듣지 않는다. 안 좋은 일이 있는 게 아니냐는 걱정스러운 질문도 쏙 들어갔다. 사람들은 이제 여자가 까만 옷을 입는 이유에는 관심이 없다. 다만 까만 옷을 입고 오는 여자의 일관된 행동을 언급할 뿐이다.

"오늘도 까만 옷이네?"

일견 관심인 듯 보이지만 까만 옷을 입은 여자의 무난함에 대한 은근한 조롱이자, 오늘 자신이 입은 튀는 의상에 대한 간접적인 자랑이라는 사실은 대화를 조금만 나눠봐도 알 수 있다. 까만 옷을 입은 여자가 뭐라 입을 떼기도 전에 자신의 색을 자랑하기 바쁜 사람이 대부분이다. 몇 마디 들어주다 여자는 이내 까만 옷 뒤로 숨는다. 까만 옷을 입은 여자는 이제 제법 요령이 생겨 까만 옷을 무기로 사용할 수 있게 되었다. 사람들은 그녀가 숨은 줄도 모르고 혼자 허공에 대고 얘기하기에 바쁘다. 지우고 싶은 기억을 지울 때도, 일방적으로 떠드는 사람을 만났을 때도 여자는 능숙하게 까만 옷을 활용한다.

뚝심 있게 까만 옷을 입고 다닌 지 2주째, 회사에서 여자는 까만 옷을 입은 여자로 불린다. 어느덧 여자는 까만 옷을 이용하는 다양한 방법을 터득했다. 까만 옷은 울고 싶을 때도 유용하다. 까만 옷을 입고 눈물을 흘리면 눈물이 옷에 떨어져도 보이질 않아 눈속임하기가 쉽다. 밝은 옷은 눈물이 떨어지는 순간 얼룩이 보이지만 까만 옷은 그대로 스며들어 흔적도 없이 사라진다. 사람들에게 들키지 않고 울 수 있어 까만 옷을 입은 여자가 언제 어떻게 우는지 사람들은 알 수 없다. 늦겨울에 내리는 진눈깨비처럼 눈물이 까만 옷에 가볍게 흡수되어 바로 옆에 있는 사람도 그 무게를 느끼기 어려울 정도다.

"까만 옷을 입은 여자가 우는 걸 한 번도 본 적이 없네."

벌써 3주째 점심시간마다 매번 똑같은 내용으로 주변 사람들의 흉을 보던 한 동료가 말한다. 그는 모든 사람의 단점을 찾는 데 몰두하고 단점에 상상을 붙인 이야기보따리를 항상 들고 다닌다. 늘 그렇듯 그가 습관적으로 자신의 흰옷에 얼룩덜룩한 자국을 남기며 울기 시작한다. 평소 그가 부풀리는 이야기만큼이나 눈물 자국 역시 한껏 과장된 모양으로 점점 커진다. 힘든 일이 있을 때마다 반경에 있는 모든 사람에게 보일 때까지 눈물을 흘려야 멈추는 사람이기 때문에 이런 광경이 그리 놀랍지 않다.

까만 옷을 입은 여자는 자기만 아는 눈물 자국과 그의 얼룩덜룩한 눈물 자국을 비교해본다. 같은 물질로 만들어진 자국인데 이렇게 차이 나는 걸 보면 억울하기도 하지만, 이내 그의 옷이 얼룩덜룩하게 물드는 것을 보면서 역시 까만 옷을 입기를 잘했다고 생각한다. 벌써 제법 많은 양의 눈물이 옷에 보기 싫은 얼룩을 남겼지만, 오늘도 그는 아랑곳하지 않고 시끄럽게 울고 있다.

여자는 모든 사람이 다 볼 수 있는 곳에 눈물 자국이 남는 게 신경 쓰인다. 울 일이 있을 때마다 옷을 더럽히는 대신 까만 옷을 이용해 다른 방식으로 해결한다. 밖에서 묻어온 얼룩덜룩한 감정들은 까만 옷에 담아 옷장 깊숙한 곳으로 밀어 넣는다. 옷장에 걸린 까만 옷들은 구별이 힘들어 하루만 지나도 어떤 옷에 얼룩이 묻었는지 알아채기가 힘들다. 다음 날이면 마치 새 옷 같은 까만 옷을 다시 입고 출근할 수 있다. 또 옷에 묻혀온 불쾌한 기억과 감정들은 블랙홀 같은 옷장의 심연 속에 가라앉아 주인인 여자도 다시 꺼내볼 수 없다.

물론 까만 옷에도 단점이 있다. 먼저 여자가 까만 옷만 입은 지 3주쯤 되니 이제 업무상 꼭 필요한 말이 아니면 사람들이 말을 걸지 않는다. 몇몇은 여자가 자신의 이야기를 듣다가 까만 옷 뒤로 숨는다는 것을 눈치챈 것도 같다. 예전 같으면 조금 밝은 옷도 입어야 하나 고민했을 수도 있지만, 여자는 이제 그런 생각은 하지 않는다. 쓸모없는 옷들을 이미 너무 많이 입어봤기 때문이다. 또 까만 옷을 입고 매일 조용히 자리를 차지하고 있던 여자가 간혹 목소리를 크게 낼 때면 사람들은 깜짝 놀란다. 점인 줄 알았던 곳에서 큰 소리가 나면 모두가 쳐다보기 마련이다. 여자의 소리를 들은 사람들이 묻는다.

"오늘도 까만 옷이네?"

매일 까만 옷을 입고 걸어도 여자의 옷을 처음 보는 양 까만 옷에 대해서만 한마디를 한다. 까만 옷을 입은 여자가 큰 소리를 낸 이유에 대해서는 궁금해하지 않는다. 각자 시끄럽게 화를 내고 있어 여자의 목소리는 어차피 금방 사라진다. 혹시 물어오는 사람이 있더라도 금방 귀를 닫는다. 여자도 애초에 얘기하는 게 귀찮았기 때문에 붙잡지 않고 입을 닫는다. 금방 조용히 입을 닫는 까만 옷을 입은 여자에게 옆 사람이 얘기한다.

"까만 옷을 입은 여자는 화를 내지 않아."

여자는 자신이 몇 시 몇 분에 큰소리로 화를 내 사람들이 돌아보기까지 했다고 그의 놀라운 무관심을 지적해주고 싶지만 이내 귀찮아져 포기한다. 그가 얼마나 화가 나는 일이 있었는지 입을 떼려는 순간 또 까만 옷 뒤로 숨는다. 그는 허공에 대고 얘기하기 바쁘다. 쓸데없이 화가 많은 사람 사이에서 까만 옷은 이렇게 유용하다. 여자는 이제 화가 나는 일이 있으면 그 자리에서 바로 화를 내고 조용히 까만 옷으로 처리한다. 어차피 금방 관심이 사라지기 때문에 한번 화를 내고 까만 옷에 싸서 버리면 된다. 까만 옷에 묻은 화는 쓰레기통에 바로 털어버린다. 스트레스 해소에는 그만한 게 없다.

여자는 이제 매일 까만 옷만 입는다. 마음에 쏙 드는 까만 옷은 여자의 희로애락을 함께한다. 더는 다른 색 옷을 사야 할 이유를 느끼지 못한다. 매일 같은 색 옷을 입고 같은 거리를 걷는다. 매일 똑같은 모습으로 집을 나서는 것 같지만, 자세히 보면 까만 옷의 디자인은 조금씩 다르다. 그녀의 옷장 안에는 이제 그녀가 선택한 일관성 있지만 고루하지 않은 총천연색의 까만 옷 컬렉션으로 가득 차 있다. 여자는 오늘도 옷장 안에서 까만 옷 하나를 골라 차려입고 집을 나선다.

알레르기

따스한 햇볕이 간지럽게 살랑이는 5월, 얇은 원피스를 꺼내 입고 가벼운 발걸음으로 산책에 나선다. 살랑이는 바람과 얇아지는 옷감, 휘날리는 꽃잎까지, 사랑받아 마땅한 것들로 가득한 계절, 봄이 왔다. 그러나 봄은 동시에 가장 고달픈 계절이기도 하다. 봄바람이 옮기는 꽃가루에 코가 간질거리며 재채기가 쉴 새 없이 나온다. 산책하다 보면 어느새 눈에 실핏줄이 올라와 벌개진다. 눈알을 굴리며 벅벅 긁어버리고 싶을 정도로 심한 간지러움이 몰려오자 서둘러 건물 안으로 피신한다.

말랑한 감촉과 한입 베어 물면 입 안 가득 퍼지는 달콤한 과즙의 복숭아. 복숭아는 상상만으로도 침샘을 자극한다. 복숭아 과즙이 입 안에 퍼지는 그 순간 행복에 겨운 미소가 가득 찬다. 그리고 이내 온몸의 세포가 나를 비웃기라도 하듯 강아지풀을 하나씩 들고 기관지를 슬며시 간질이기 시작한다. 귀 안쪽에서부터 성대에 이르기까지 깃털로 살살 긁어 내려가는 느낌을 참을 수 없어 몸서리를 친다. 소용없는 짓임을 알면서도 귓속을 후비며 먹고 있던 복숭아를 내려놓으며 읊조린다.

"망할 알레르기."

나는 외부 물질에 대해 비정상적인 면역 반응을 보이는 알레르기가 있는 체질로 태어났다. 언제 처음 알레르기가 발현되었는지는 정확히 기억나지 않는다. 자아가 형성되기 시작할 때부터 좋아하는 것들이 하나씩 괴로움을 동반하기 시작했다. 처음에는 따뜻한 봄이 그랬고, 달콤한 복숭아가 그랬다.

조금 자라서는 고소한 아몬드, 상큼한 체리, 그리고 사랑스러운 고양이까지, 과민 반응을 일으키는 물질들이 점점 추가되었다. 얄궂게도 내가 애정을 갖는 대상은 어느 순간 마치 "나에게 그만 다가오라."고 소리를 치듯 몸에서 과민 반응으로 나타나곤 했다. 좋아하는 많은 것이 행복한 자극과 동시에 이제는 멀어져야 한다며 온몸의 세포를 통해 빨간 신호를 보내왔다.

알레르기 체질로 살아가면서 나는 왜 어떠한 대상과 안전한 거리를 유지한 채 살아가야만 하는지에 대한 의문이 생겼고, 이를 해결하고자 범지구 알레르기 협회(Global Allergy Foundation)에 가입한 뒤 활발하게 활동하기 시작했다. 알레르기 관련 정보를 적극 공유하다 보니 대한민국 지부 운영진으로까지 등급이 올라갔다.

범지구 알레르기 협회는 다양한 외부 물질에 과민 반응을 보이는 사람들이 모여 알레르기에 대한 자신의 경험을 공유하고 연대하며 더 건강하게 살아가는 방법을 모색하는 비영리 단체다. 대한민국의 한 대학생이 영국에서 교환학생 생활을 하던 중 기숙사에서 알레르기 반응이 심해지자 비슷한 증상으로 고통받고 있는 학생들을 모아 빈대와 집 진드기 박멸을 기리며 대청소를 한 뒤 저녁을 나눠 먹은 날 창설된 단체로 알려졌다. 이후 기숙사 커뮤니티를 중심으로 다양한 국적과 인종의 학생들이 '알레르기'라는 공통점 아래 하나가 되어 활동하기 시작했고, 범지구적인 협회로 발전하기에 이르렀다.

알레르기성 질환의 원인 물질을 '알레르기 항원(Allergen)'이라고 부르는데 협회에서는 이 알레르기 항원과 항원에 따른 반응 사례를 연구하고 정리하는 일을 꾸준히 진행하고 있다. 협회 사이트는 항원 종류별로 게시판이 나뉘어 있다. 알레르기는 완치라는 개념이 없어 최대한 회원들의 경험을 바탕으로 항원에 대한 자료를 수집하고 증상을 널리 알려 알레르기 유발 물질을 피하라고 권장하는 수밖에 없기 때문이다.

그간 협회원들이 공유해온 경험으로는 꽃가루, 털, 음

식과 같은 물질을 접촉했을 때 재채기, 비염, 두드러기 등의 즉각적인 증상이 나타나는 알레르기가 대부분이었다. 그러나 요즈음 협회를 떠들썩하게 만들며 대한민국에서 급부상한 이상한 신규 알레르기 항원이 하나 발견되었는데 바로 '사람'이다.

[자유게시판]

아무래도 사람한테 알레르기가 있는 것 같아요!

안녕하세요 회원님들! 회사에서 저를 미치게 하는 사람이 있는데요, 얼마 전부터 그 사람이 무슨 말을 할 때마다 심장이 빨라지면서 두통까지 생겨 미치겠습니다. 이게 말로 설명이 잘 안 되는데, 지난주에요……. (더 보기)

ㄴ 어 저도 비슷한데 ㅠㅠ 지만 그런 줄…
ㄴ 저도2222 나만 그런 게 아니었어!
ㄴ 저도요! 이게 심할 때는 생활이 안 될 정도로 심장이 두근거려서 심장초음파 받아봄 ㅠ
ㄴ 아니 공감은 가는데 이게 알레르기라는 건 말이 안 되지 않나요. 프로 불편러가 이런 건가ㅋㅋ
ㄴ 그니까ㅋㅋㅋㅋ아니 이젠 사람까지 알레르기라고ㅋㅋㅋ
ㄴ 아니 동감하고 아니고를 떠나서 왜 남을 조롱하세요. 이 분은 힘드실 텐데 태도가 좀…
ㄴ 몇몇 댓글 눈살 찌푸려지네요. 특히 프로 불편러라뇨. 그렇게 따지면 쓸데없는 알레르기 때문에 과일도 아무거나 못 먹는 우리 모두 프로 불편러라고 불릴 수 있습니다. 제발 생각 좀 하고 말하세요.
ㄴ 아니 갑자기 사람이 항원이라니 의학 지식이 1도 없어도 말이 안 되니까 그런 거죠. 우리 모두가 프로 불편러라니ㅋㅋ 확대해석 심하시네.
ㄴ 이 협회가 언제부터 의학 지식을 따졌다고ㅋㅋㅋ 와 사람들 무섭다. 알레르기로 등급 나누는 것도 아니고ㅋ
ㄴ 공감합니다. 몇몇 분들 반응이 더 불편합니다..
ㄴ 저도 같은 증상으로 고생하고 있어요 ㅠㅠ 작성자분 몇몇 댓글에 상처받지 마세요. 이해하는 사람도 많아요~

비정상적인 반응이 바로 인지 가능한 증상으로 발현되는 것이 아니라 잠복했다가 시차를 두고 나타나기 때문에 회원 대부분이 처음에는 사람이 알레르기 항원이었다는 사실을 깨닫는 데 많은 시간이 걸렸다. 증상 역시 외부로 드러나는 것이 아니라 분노, 두통, 심장박동 수 증가와 같이 자신만 자각할 수 있는 괴로움을 동반하는 경우가 대부분이라 협회에서는 사람을 알레르기 항원으로 인정해야 하는가를 두고도 많은 논란이 있었다.

그러나 범지구 알레르기 협회는 의학계에서 전문가를 위촉한 집단이 아니라 알레르기 때문에 고통받는 평범한 일반인들이 연대하는 비영리 단체라 의학적인 근거와 시시비비는 고려하지 않았다. 회원들이 공통으로 겪는 고통을 이해하고 이들이 겪는 현상을 듣는 것이 중요하다는 의견이 지배적이었다. 이에 협회는 본격적으로 신규 알레르기 항원으로 부상한 '사람'에 대해 연구하기 시작했다.

회원들을 곤혹스럽게 만든 항원에 대해 분석한 결과 그들은 모두 불시에 타인의 영역을 폭력적인 습성으로 침범한다는 공통점이 있었다. 한 회원은 어느 날 지하철역에서 습격을 받은 적이 있었다. 지하철역에 앉아서 지하철을 기다리고 있을 때 갑자기 한 노인이 다가와 지팡이로 팔을 치며 자리를 비키라는 손짓을 했다. 그는 갑작스러운 상황에 당황해 바로 일어나 자리를 내주었는데, 집으로 돌아가는 길 내내 심장이 쿵쾅거리는 이상 현상을 느꼈다. 아직도 그때 상황이 생각날 때마다 가슴 쪽이 뻐근해지는 증상이 있다고 말했다. 그는 부당한 상황에 저항 한번 해보지 못한 자신이 너무 나약했던 것 같다는 생각에 더 괴롭다고 얘기했다.

이는 모든 회원이 공통으로 느끼는 부분이었는데, 사례와 같이 실제로 물리적인 침범을 당한 사람도 그 자리에서 바로 대응이나 항의를 하지 못한 경우가 대부분이었다. 또한 이처럼 항원에 물리적으로 공격을 당한 예도 있지만 이보다 더 고도로 발달한 정서적 공격을 장기간

당해온 회원 역시 많았다. 이는 눈에 보이는 폭력이 아니었기에 저항하기가 더욱 어려운 유형이었다. 구체적인 사례를 하나씩 수집하던 운영진들은 완벽하지는 않지만 알레르기 항원을 크게 세 가지 범주로 묶을 수 있다는 사실을 발견해냈고, 이를 공식 사이트에 공지로 등록했다.

[공지사항]

대한민국에서 최초 발견된 신규 알레르기 항원 '사람' 유형

그간 회원 분들께 받은 제보를 통해 최근 우리 협회에서 인정하기로 한 신규 알레르기 항원 '사람'을 유형별로 크게 세 가지로 정리해서 배포합니다. 하기와 같이 정리된 항원들은 회원들께 알레르기 반응을 유발할 수 있으므로 반드시 피하시기 바랍니다.

유형1. 안전거리의 물리적 침범

주로 공공장소에서 자리 소유권을 주장하면서 실제로 폭력을 행사하는 유형이다. 당당하게 물리적 폭력을 행사하는 탓에 고발을 당하기도 하지만 어차피 큰 처벌은 받지 않음을 알고 행동한다. 활동 장소는 지하철과 같은 공공 교통수단인 경우가 많고 사용하는 언어는 명령어, 비언어적 표현은 성난 목소리와 주먹질 등의 위협하는 몸짓이다.

때로는 지팡이와 같은 무기를 들고 공격해오는 예도 있다. 공공장소에서 가만히 멍 때리고 있다가 그들이 휘두르는 무기에 맞아 실제로 멍이 드는 상황을 유의해야 한다. 생각할 겨를이 없도록 불시에 공격해와 어디에서부터 어떻게 대응해야 할지 잊게 하는 유형이라 볼 수 있다.

유형2. 감정 세포를 겨냥한 일방적 공격

유형1이 물리적 공격을 한다면, 유형2는 말로 감정 세포를 공격해 감정에 빌붙어 계속 알레르기 반응을 일으키는 외부 항원이다. 대부분 정서적 배려를 하는 능력에 문제가 있는 사람이거나, 배려하지 않아도 되는 권력의 상하 관계에서 상부에 있는 사람이 하부에 있는 사람에게 휘두르는 공격이다. 성별을 막론하고 지위가 높아질수록 공격의 강도가 높아지는 경우가 많다.

활동 장소는 회사 등 직장 내부가 가장 많고, 알레르기로 가장 고생한 회원의 대표 사례를 들자면 "이걸 아이디어라고 냈느냐. 나 같으면 쪽 팔려서 집에 가겠다.", "여자가 너무 똑똑하면 남자들이 싫어한다."가 있다. 청자의 입장을 고려하지 않는 화법과 내용을 무기 삼아 자신이 생각하는 약자를 대상으로 장기간 행하는 폭력인 경우가 많아 단발성으로 끝나는 유형1의 공격에 비해 어쩌면 더 잔인한 공격이라고도 볼 수 있다.

유형3. 관계의 상호작용을 악용한 공격

유형 1과 2가 일방적인 공격인 데 반해 조금 더 복잡한 유형의 공격이다. 인간관계를 맺는 데 필수적인 대화라는 상호작용을 악용해 공격을 시도하기 때문이다. 상대방에 관한 관심과 침범의 경계를 구분하지 못하는 유형으로, 수평적인 인간관계 맺기를 해본 지 너무 오래되어 상대방을 배려한 관계 맺기의 기술이 퇴화했거나, 상대방과 수평적으로 관계를 맺을 필요가 없다고 생각할 때 튀어나오는 외부 항원이다.

주로 관심을 가장한 질문을 던지는데, 서열을 확인하기 위한 탐색용 질문들을 던지며 유도 신문을 한다. 신문에 넘어오지 않는 이들에 대해서는 "좀처럼 가까워지기 어려운 사람!"과 같은 꼬리표를 붙여 집단 내에서 은근한 고립을 유도하기도 한다. 회원들이 당한 공격은 주로 사는 곳부터 시작해 가족관계와 가족들의 직업 등등 시도 때도 없는 신문과 함께 연애 여부에 대한 질문 등 사적인 영역에 대한 느닷없는 호기심이 대부분이었다. 이러한 유형의 항원들은 항상 맥락 없는 신변잡기 형태의 질문을 통해 관계 맺음과 상대방과의 거리 좁히기를 단 몇 시간 내로 압축해 쉽게 해결하려는 성향을 보이는 것이 특징이다.

앞서 말했듯 알레르기는 완치가 없다. 유발 물질을 피하는 게 최선인데, 문제는 사물이야 피하면 그만이지만 사람은 피할 도리가 없었다. 게다가 유형2와 유형3의 경우 대부분 일상생활 속에서 부딪혀야만 하는 주변인이었

다. 같은 생각을 한 협회원이 한둘이 아니었는지 게시판은 연일 뜨거웠다.

많은 회원이 갑작스러운 공격에 속수무책으로 당하고 있다며 계속되는 괴로움을 호소했다. 회원들은 항원에 대해 아무런 손도 쓰지 못하고 기습을 당한 뒤 과민반응 현상을 겪었다. 항원은 회원들의 근처에 기생하다 기회가 있을 때마다 공격하는 치밀함과 잔인성까지 갖추었다.

범지구 알레르기 협회의 온라인 커뮤니티에서는 "이제는 알레르기까지 헬조선이냐.", "왜 하필 우리만 이렇게 고통스러워야 하는지 모르겠다."며 연일 절망과 자조의 목소리가 넘쳐났다. 대한민국의 이 기이한 알레르기 현상은 다국어가 가능한 회원들이 자료를 번역해서 공유함으로써 협회의 국제 이슈로 확장되기 시작했다.

세계적으로 많은 회원이 신규 알레르기 항원의 유형에 대해 공감과 지지를 표명했고, 개인의 경험에 비추어 문제 상황을 극복할 수 있는 아이디어를 제시하기도 했다. 'Pray for Korea'라는 표어 아래 인종과 언어, 문화가 다른 전 세계의 회원들이 공감대를 형성하고 문제를 극복하고자 하나가 되는 모습이 올림픽을 방불케 했다.

협회에서는 회원들의 자발적인 참여로 모인 의견들을 취합하는 과정에서 한 가지 공통점을 발견했다. '사람'이라는 알레르기 항원에 고통받는 대한민국 회원 대부분이 항원에 대한 분노를 얘기하는 동시에 자신을 자책하고 있다는 사실이었다. '왜 그때 그 자리를 바로 뜨지 않았는지', '왜 나는 아무 말도 못 하고 벙어리처럼 있었는지'와 같은 자신의 현명하지 못했던 처사에 대한 자책부터 '나는 왜 이런 체질로 태어나서 이렇게 고생하고 있나'라는 존재에 대한 근원적인 자책까지 유형도 다양했다.

이러한 대한민국 회원들의 자책에 대해 여러 나라의 협회원들이 알레르기 항원은 신규 물질이고 당신들이 예측할 수 있었던 상황도 아닌데 어떻게 대응할 수 있었겠느냐며, 누구도 가르쳐준 적 없기 때문에 모르는 것은 당연하다는 위로를 하곤 했다.

우리는 부당한 일을 당했을 때 정당하게 항의하는 방법과 사회적 관계에서 곤란한 상황에 노출되었을 때 자신을 지키는 법에 대해 너무나도 안일하게 생각해왔고 무지했을 뿐이다. 신규 알레르기 항원으로 고생하는 대한민국 회원들에 대한 범지구적인 관심과 연대로 협회에서는 무언가 조금이라도 더 실용적인 대책을 배포하기 위해 연구를 거듭했다.

가장 확실한 방법은 항원을 없애는 것이었으나, 바퀴벌레 약처럼 알레르기를 유발하는 사람들을 박멸하는 약을 개발하는 건 비인간적이고 폭력적인 방식이라는 의견이 지배적이었다. 알레르기 환자도, 알레르기를 유발하는 항원도 모두 환경 속에서 어쩔 수 없이 발현된 현상일 뿐이므로 살상이 아니라 공존이 가능한 방법을 찾는 게 더 시급했다.

이에 범지구 알레르기 협회에서는 회원들의 고충을 조금이라도 덜고자 몇 가지 행동 강령을 제정해 공지사항과 함께 유인물로 만들어 배포하기에 이르렀다. 다음은 그중 몇 가지 사항만 발췌한 내용이다.

강령1. 최고의 방어는 공격

누가 얘기했던가, 최고의 방어는 공격이라고. 물론 우리 범지구 알레르기 협회는 폭력적인 방식은 지양하는 인도적인 협회이므로 알레르기 항원들이 취하는 공격과는 다른 방식의 공격을 지향한다. 과민반응을 유발할 만한 질문은 미리 차단하자. 평소에 "나는 민감한 질문을 함부로 하는 사람이 불편하다."라고 명확하게 주변에 목소리를 내자. 물론 처음에는 어려울 수 있으나 알레르기 체질이 아닌 사람은 알레르기 환자의 고통을 알 방법이 없다.

그리고 슬프게도 아직 대한민국 사회에서는 사회적 관계를 맺을 때 수평적인 관계보다 상하 관계에 놓일 때가 많으며, 권력의 상하 관계에서 상부에 있는 사람은 대부분 눈치를 볼 필요가 없다고 생각한다. 아니, 그러한 자각조차 해본 일이 없을 정도로 아무런 눈치를 보지 않는 경우가 많다. 권력 구조상 을의 위치에 있는 자의 고통에 대해서는 매우 둔감하며 가능한 한 외면한다.

따라서 자신에게 고통을 주는 사항들에 대해서는 평소 주위에 신호를 보내야 주변인들이 최소한 인지라도 할 수 있다. 자신의 흠을 드러내고 다니는 것 같아 걱정될 수도 있지만 매일 밤 낮에 들은 말들을 생각하며 혼자 알레르기 때문에 심장이 쿵쾅거려 잠도 못 이루고 베개만 때리는 것보다는 미리 선전포고를 하고 조금이라도 항원을 줄이는 것이 낫지 않겠는가.

강령2. 당신은 특이 체질이지만 당신만 특이 체질은 아니다

범지구 알레르기 협회원들은 주변 곳곳에서 흔히 볼 수 있다. 서로의 고통을 가장 잘 아는 협회원들끼리 위기 상황마다 도움의 손길을 내밀 수 있도록 서로 식별할 수 있는 연대의 배지를 제작해서 배포하고자 한다. 범지구 알레르기 협회의 상징인 이 초록색 배지를 에코 백, 파우치, 필통 등에 부착했거나 소지하고 다니는 사람이 보이면 서로 자연스러운 미소와 함께 눈인사를 주고받자.

배지가 없더라도 우리 협회의 친구들을 알아보기는 그리 어렵지 않다. 어떤 집단에서건 부당한 폭력으로 타인을 괴롭히는 사람들도 있지만, 부당함에 크든 작든 목소리를 내 항의하는 이들도 있다. 그들은 십중팔구 범지구 알레르기 협회 회원일 것이다. 지금 당장은 용기가 없어 자신이 그런 사람이 되지 못하더라도 너무 낙심하지 말자. 대신 부당함에 정당하게 항의하는 친구에게 지지를 보내자. 그 장소가 지하철과 같은 공공장소일 경우 더더욱 그 친구에게 힘을 실어주자.

당신이 배지를 집에 두고 나갔다고 해도 그를 돕는 순간 당신 역시 우리 협회의 회원임을 자연스럽게 알아볼 것이다. 타고난 알레르기 체질 탓에 매 순간이 힘들 때마다 사실은 곳곳에 우리 회원들이 있다는 사실을 잊지 말자. 당신은 특이 체질이지만 '당신만' 특이 체질은 아니다.

강령3. 알아두면 유용한 몇 가지 화법

다음은 정서적으로 타인을 배려하지 않고 불시에 침범하는 사람들에게 대처할 수 있는 몇 가지 화법이다. 회원들이 제보한 몇몇 상황을 실례로 들어 최대한 분위기를 어색하게 만들지 않으면서 자신의 불쾌함을 확실하게 표현할 수 있는 몇 가지 대사를 살펴보도록 하겠다.

다음 상황에 대한 제보 및 적절한 대응법은 우리 범지구 알레르기 협회 회원들끼리 주고받은 의견 중 추려서 정리한 내용으로 간혹 공감되지 않을 수도 있음은 고려하자. 회원의 평소 성격과 당사자들 간 평소 관계에 따라 다음 대사들이 적합하지 않을 수도 있으므로 각자의 상황에 맞는 적절한 응용은 필수다.

상황1. 기분 나쁜 말을 들었을 때

대응. 상대방이 던진 말을 그대로 받아서 되묻기

"살이 좀 찐 것 같은데? 관리 좀 해야겠다."

"앗, 지금 저한테 살 빼라고 외모 지적하시는 거예요?"

상대방의 말꼬리를 잡고 되묻는 대응법으로, 질문할 때 화자가 던진 말 중 자신이 기분 나빴던 부분이 무엇인지 짚어주는 단어나 어구를 꼭 추가하자. 위 상황에서 청자의 속마음은 '네가 뭔데 예의없이 내 외모를 품평하고 있느냐.'였을 것이다. 이 기분 나쁨을 '외모 지적'이라는 단어를 추가해 적절하게 표현하면서, 발언자로 하여금 직장 동료에게 살을 빼라고 외모 지적을 한 사람임을 스스로 인정하게 하는 대응이다. 대부분 어느 정도의 눈치만 있어도 자신이 말실수를 했다는 것 정도는 깨닫고 조용해진다. 만약 전혀 그렇지 못하고 "그래, 나 지금 외모 지적하는 건데? 하하하." 식의 반응을 보인다면 속으로 '병신'이라고 읊조리고 같이 하하하 웃으면서 맑고 투명하게 외모 품평을 해주자. "같이 예뻐져요, 하하하."

상황2. 대답하고 싶지 않은 질문을 받았을 때

대응. 과장된 거짓 정보로 대답하기

"아버지 사업하신다며? 어떤 사업하셔?"

"저희 아버지 존함은 이X희이시며 S그룹을 경영하고 계십니다."

이때 중요한 것은 최대한 근엄하고 진지한 어조다. 대답하기 곤란하다는 신호를 여러 번 주는데도 끈질기게 개인의 신상정보를 묻는 사람들이 있다. 마치 사내 직원들의 가정 내 숟가락 개수까지 파악해 일일 보고를 완수해야 하는 잠입요원마냥 유난히 개개인의 사생활에 관심이 많은 이들이 있는데, 이런 사람들은 대부분 호기심이 충족되기 전에는 멈추지 않는다. 상대하기 상당히 껄끄럽겠지만 이럴 때는 아주 과장된 정보로 그냥 한번 답해주고 넘어가자.

여기서 중요한 점은 그냥 웃으면서 얘기하는 게 아니라 아주 진지한 어조로 정색해서 답변해야 한다는 것이다. 정보는 부풀리면 부풀릴수록 대화를 가볍게 넘기기에 좋다. 아무리 얘기해봤자 당신이 재벌 3세라고 믿지는 않을 테니 그냥 질러라. 그리고 어차피 그렇게 소문이 나서 나쁠 것도 없다. 다시 물어보면 한 번 더 똑같은 답변을 하면 그만이다. 몇 번 똑같이 대응하면 흥미가 떨어져 하이에나는 다른 먹잇감을 찾아 떠날 것이다.

유인물과 배지를 포함한 범지구 알레르기 협회 판촉물 세트가 대한민국 지부에 배포된 지 한 달이 지났다.

사람 알레르기 항원 때문에 고생하던 많은 대한민국 회원들은 여전히 매일 알레르기 반응에 잠을 못 이루기도 하고, 유인물에 인쇄된 몇 가지 물렁물렁한 대사만으로는 감당할 수 없을 만큼 신종 유형의 언어 폭력을 당했다는 하소연이 커뮤니티에 올라오기도 한다. 그러니 결과적으로 우리의 범지구적인 연대가 성공했느냐는 질문에는 아직 그렇다는 답을 할 수 없다. 그래도 많은 회원이 협회를 탈퇴하지 않고 남아 있다. 아마도 나를 포함한 회원들 모두 미약하게나마 변화를 느끼고 있기 때문이다.

이제 우리는 어디에서나 서로 쉽게 알아본다. 범지구 알레르기 협회의 녹색 배지는 망망대해의 북극성처럼 우리를 인도한다. 출근길 버스 안에서 마주친 고등학생의 가방, 사무실의 대각선 옆자리에 앉아 있는 김미정 씨의 책상, 마트에 장을 보러 온 30대 남성의 장바구니에서 녹색 배지가 별처럼 반짝이는 것을 분명히 보았다.

그리고 그들 역시 나의 하얀 천 가방 끈에 조그맣게 달린 배지를 발견했는지 우리는 짧게나마 눈을 마주하고 알 듯 모를 듯한 미소로 인사를 나눴다. 공공장소에서도, 회사에서도, 집 근처에서도 언제건 같은 처지의 사람들이 곳곳에 있다는 것만으로도 이전보다는 나를 더 적극 방어할 힘이 생긴다. 드문드문 커뮤니티에 올라오는 '사람 알레르기 항원 퇴치 썰'을 읽는 재미도 쏠쏠하다.

다시 5월이다. 여전히 봄바람에 가슴 떨리다가도 눈을 긁으며 실내로 대피하고, 달콤한 과일을 먹고 싶지만 알레르기 때문에 차마 먹지 못하는 그런 얄궂은 일상을 보내고 있다. 언제 어떤 사람에게 공격을 받아 알레르기 반응이 나타날지 모르는 불안한 운명에 놓인 일상도 계속될 것이다.

왜 어떤 대상과 안전거리를 유지한 채 살아가야만 하는 우리 같은 사람들이 자꾸 늘어가는지, 그러면서도 왜 알레르기는 완치할 방법이 없는지 아직도 의학적으로 명확하게 밝혀진 바는 없다. 아무리 협회 활동을 열심히 해도, 평생을 가도 알아내기 어려울 수도 있을 것이다. 그렇지만 오늘도 초록 배지를 달고 길을 나서서 하루를 보내고, 저녁때는 노트북을 켜고 사이트에 접속해 신규 항원에 대한 제보가 있는지 확인한다. 알레르기 유발자들과의 고통 없는 공존이 가능해질 때까지 범지구 알레르기 협회는 계속 운영될 것이다.

***ps. 범지구 알레르기 협회에서 제작한 유인물과 판촉물 세트는 비회원도 구매할 수 있습니다.**
